HARD

Raffaëla Anderson est née en 1976. Elle a arrêté de tourner des films X en 1998. Depuis elle a joué le rôle de Manu dans le film *Baise-moi* de Virginie Despentes.

RAFFAËLA ANDERSON

Hard

GRASSET

Samedi 18 mars 1994.
8 heures du matin.

Bip, bip, bip, le réveil sonne, c'est l'heure. Je me lève, douche, café, je prépare mon nécessaire de travail, plus une minute à perdre, faut y aller.

Direction Paris, le train entre en gare, je l'attrape de justesse, vingt minutes de trajet avant la gare de l'Est, ensuite le métro, me voilà dans le 16e et dans la bonne rue. Jeans dix fois trop grands, grosses pompes, casquette sur la tête et un sac à dos avec jupes, chaussures à talons hauts, maquillage, et tout l'attirail.

10 heures, je suis toujours en bas de l'immeuble où j'avais rendez-vous il y a une heure. Je ne veux plus, demi-tour.

Deux jours plus tôt.

Journal *Paris Boum Boum.* Rubrique Casting :

Agence de Casting recherche personnes majeures pour tourner dans films. Débutants acceptés, annonce sérieuse. Téléphonez-nous au 01 40 35...

— Tiffany Studio, bonjour !

— Bonjour, j'appelle pour l'annonce dans le journal, elle m'intéresse, sur quels critères vous basez-vous ?

— Nous recherchons uniquement des personnes majeures, vous l'êtes ?

— Euh, oui.

— Quel âge avez-vous, votre taille, votre poids ?

— J'ai 18 ans, mais je ne suis pas très grande et un peu bouboule — 1,55 m pour 62 kilos.

Rire derrière le combiné.

— C'est pas grave. Je vous propose de venir nous voir, cet après-midi par exemple.

— A quelle heure ?

— 15 heures, ça vous va ?

— Parfait. Quelle adresse ?

— C'est au 54, rue David d'Angers, Angers, comme la ville, vous avez une voiture ?

— Non.

— Si vous venez en métro, descendez à la station Danube, c'est la ligne 7 bis, c'est juste à la sortie du métro. OK ?

15 heures, 54, rue David d'Angers. Il y a deux petites pièces. L'une fait office de bureau. Dans l'autre, un canapé, un halogène, une petite télé et un magnétoscope. Je frappe à la porte, une grande Black est au téléphone, elle s'appelle Diane. Elle me fait signe d'entrer, je m'assois sur une chaise et j'attends. Elle raccroche et ne me dit pas un mot, alors j'engage :

— Bonjour, j'ai rendez-vous avec un monsieur à 15 heures, il n'est pas là ?

— Il ne va pas tarder.

Sur le bureau, il y a des papiers en pagaille, et par terre, plein de revues bizarres — BD érotiques, photos de filles nues. Toujours dans mon trip :

— Vous pensez que j'ai une chance d'être prise ?

— Ici, tout le monde a une chance, répond-elle un petit sourire en coin.

Une demi-heure s'écoule, mon rendez-vous arrive.

— Bonjour, désolé pour le retard, j'ai eu un contretemps.

Je ne réponds pas, j'ai toujours détesté les gens en retard. On entre tout de suite dans le vif du sujet.

— Bon, comme vous le savez, nous recherchons des personnes majeures, vous avez une pièce d'identité ?

Je lui présente. Il ne sait pas comment commencer. Il prend une grande inspiration et se lance :

— Voilà, nous recherchons des personnes qui n'ont pas peur de se déshabiller devant un objectif et de faire des choses avec d'autres personnes.

J'enchaîne direct, ça le déstabilise :

— C'est payé combien ?

Il se détend tout de suite. Le but, c'est de gagner de l'argent très vite, peu m'importe comment.

— Tout dépend pour quoi t'es payée, on va d'abord remplir le formulaire, après, on passera dans la pièce à côté.

Mon visage se fige d'un coup. Quand je vois

sa sale gueule, direct, je me dis que ce gros lard ne me touchera pas. Il a compris. Il reprend :

— On ne peut pas prendre des personnes qui ne sont pas sûres d'elles.

— La question n'est pas de savoir si on est sûr ou pas, je suis vierge et...

Il ne me laisse pas le temps de finir.

— C'est pas grave, tu vas y aller seule, je branche la caméra et je te laisse libre de faire ce que tu veux. Mais attention, si tu ne le fais pas, je le saurai, tu t'en doutes.

— OK, pas de problème. On peut y aller maintenant ?

— Il faut savoir que le jour où je t'appelle, t'es là, je ne peux pas me permettre de caster des personnes indécises.

Style, il emploie des grands mots. « Caster. » Pour qui il se prend laüsse[1]. Le moment venu, je ferai avec, dans l'immédiat, j'ai pas envie. Qu'il sache à qui il s'adresse.

On passe dans l'autre pièce, il fait ses pseudo-branchements et c'est parti. La porte se referme. Déshabillage, caresse devant derrière, jeux de langue, une petite levrette, la traditionnelle et basta. Je l'entends ouvrir la porte, regard assassin, il ressort. Je me rhabille et passe dans le bureau. J'ai envie de l'insulter mais je n'en fais rien.

— Je regarde la cassette et je t'appelle. Les nouvelles vont arriver. Si tu veux, reste un peu, elles pourront te renseigner sur le travail.

J'accepte. Il me met une cassette vidéo de la

1. Celui-ci, version Raphaella.

fille la plus en vogue du moment : Olivia, belle Brésilienne à la chevelure longue et brune. Elle est en train de se branler devant moi.

Petit à petit, les filles arrivent. Elles sont environ une vingtaine, toutes à poil ou en train de se déshabiller. Les unes se maquillent, les autres se rasent, cherchent des tenues : aujourd'hui, il y a une soirée spéciale. La promo d'une boîte échangiste parisienne. Je pense : putain quelle pub, j'en rêverais ! Bien sûr, c'est ironique. Pour qui elles se prennent ces connasses ? « Tu me prêtes ton rimmel ? Oh ! j'aime pas comme ma chatte est rasée, fait chier. » Pauvres pouffes ! L'une d'elles ne me quitte pas des yeux, je ne me sens pas à l'aise, j'ai envie de fuir. Pour la première fois de ma vie, je suis entourée, cernée par des « putes ». Quand j'étais gosse, j'étais fascinée par elles, et là tout d'un coup, je suis choquée. Je me lève, il est temps de partir. Au passage, le Boss m'arrête :

— Viens, un type a sa propre boîte de prod, je vais te le présenter.

L'autre me regarde de haut en bas et me dit enfin :

— T'as quel âge toi ?

Je lui réponds toute fière et gros sourire :

— J'en ai dix-huit.

— A cet âge-là, on reste à l'école, salut. Luna t'es prête, dépêche-toi ou j'en prends une autre.

Pauvre connard ! pour qui tu te prends, fils de pute ? Les insultes fusent dans ma tête. Je reprends, tout sourire :

— Je n'ai jamais dit que je souhaitais « travailler » pour toi. Salut.

Dans le métro, je me sens mal, je repense à la cassette que j'ai laissée, si ça passe à la télé, et si ceci et si cela, je titube. J'arrive pas à soutenir le regard des autres. Peut-être savent-ils ce que j'ai fait. Un bras me retient. J'ai failli tomber sous la rame. Une bonne femme :

— Ça ne va pas ?

— Si, si, je ne l'ai pas vue, merci madame.

Chez moi, je me couche immédiatement, il n'est même pas 20 heures. J'ai beaucoup de mal à m'endormir. Je me dis que ça ne vaut pas le coup d'en arriver là pour de l'argent.

9 h 30, le téléphone sonne, c'est mon proxo[1] :

— Bonjour Raphaella. Je t'appelle à cause d'hier, le prends pas mal, faut que je t'explique, le milieu a un gros souci avec les flics à cause d'une mineure qu'a trafiqué ses papiers, ils sont tous un peu dans la merde, je lui ai certifié que t'es bien majeure, je lui ai montré ta pièce d'identité. Il est désolé pour hier, mais il n'a pas trop apprécié comment tu lui as répondu. Enfin bref. T'es toujours prête à faire partie de l'équipe ? Parce que j'ai un super-plan pour toi, ça commence demain, t'es d'accord ?

— C'est quoi ton super-plan ?

— Une série de photos avec l'un des plus grands du milieu, il paie bien les filles. Il enchaîne sur cinq jours de tournage.

— Payé combien ?

1. Supposé « agent de casting », il prend 20 % à chaque fois qu'il place une fille sur un tournage.

— 1 500 la journée pour les photos et 2 000 balles par jour pour le tournage.

Calcul rapide, 2 000 fois cinq, dix mille, plus 1 500, onze mille cinq cents balles la semaine.

— C'est où ?

— Sur Paris, t'as de quoi noter ?

— Je t'écoute.

Samedi 18 mars 1994,11 h 30.

Le téléphone sonne, je décroche, un homme énervé :

— Allô ! Raphaella, c'est...

— Non, Raphaella n'est pas là, y a-t-il un message ?

Il se calme direct, genre, c'est pas une balance.

— Pourriez-vous lui dire de rappeler le studio Tiffany d'urgence ? On avait rendez-vous, elle n'est pas venue, je me demande ce qui se passe.

— Je lui ferai la commission quand elle sera rentrée, c'est tout ?

— Oui, au revoir.

— Au revoir.

Je sais qu'il se doute que c'est moi. Je lui ai dit que j'habitais seule. Mais franchement, je m'en fous, j'ai d'autres choses en tête. Je suis fière de ce que je n'ai pas fait. J'appelle une copine, lui explique la situation en omettant bien évidemment de lui dire qu'il s'agit de porno. Elle me dit que c'est super, qu'il faut y aller. N'importe qui aimerait faire des photos, surtout pour 1 500 francs la journée. Tu te fais pomponner aux frais de la princesse, vas-y, me dit-elle. J'y retourne. J'ai une putain de trouille au ventre, j'ose enfin frapper. On m'ouvre, c'est la propriétaire de l'appartement.

— Bonjour, j'avais rendez-vous ce matin, je n'ai pas pu venir avant, j'avais oublié le code...

Plein de phrases me viennent à l'esprit. Je meuble car j'ai peur d'entrer. Soudain, une voix grave se fait entendre, c'est le réalisateur, le Big Boss, un grand aux cheveux longs, cigare à la bouche. Je l'appellerai Big Boss.

— Entrez mademoiselle, c'est vous qui deviez être là ce matin et qui n'êtes pas venue ?

Il me serre la main, il est tout sourire. Il me met à l'aise. Je sais déjà que j'aimerai ce mec-là. Il fait rapidement les présentations, m'emmène à la salle de make-up, me propose de boire quelque chose en attendant qu'il revienne. Il revient vite, me demande de me déshabiller, de tourner sur moi-même et me dit, un gros cigare à la bouche :

— OK, j'aurai bientôt terminé le set photo, tu enchaînes tout de suite après, ça va ? Au fait, comment tu t'appelles ?

— Raphaella.

— Enchanté Raphaella.

Il repart. Je me dis qu'il est cool ce gars. Je fais connaissance avec l'équipe, la maquilleuse, le chef-op, les acteurs et actrices. Quand on frappe à la porte, c'est mon proxo, je me dis qu'il est là pour vérifier si j'y suis bien. Eh bien connard, j'y suis !

Soudain une fille en pleurs entre dans la pièce, elle crie qu'elle ne veut pas partir, qu'elle a besoin de cet argent, si elle rentre sans, son copain la frappera. The Big Boss arrive, lui tend l'argent en question et lui demande gentiment de prendre ses affaires et de partir. Il vient m'expliquer de quoi il retourne, par crainte que je ne veuille m'en aller. J'apprends donc qu'elle est mineure. Heureusement, il s'en est aperçu avant qu'elle bosse.

L'heure fatidique approche, the Big Boss prévient la make-up que ça va être mon tour, qu'elle me prépare. Elle me demande si j'ai apporté quelque chose à me mettre. Il faut que je sois teenage pour les photos. Elle me précise la tenue que je dois porter et me maquille. Elle me parait froide, pas agréable, mais elle m'explique qu'elle n'a pas quitté le tournage depuis des jours, qu'elle en a marre. Elle termine enfin de me maquiller. Quand je vois ce que ça donne, je suis déçue. Je ressemble à une gamine de douze ans. A quoi ça sert d'être majeure ? Là, un homme nu de taille moyenne, belle gueule, teint bronzé, une bonne plaque abdominale, les yeux clairs, fait son entrée la bite encore en érection. J'ai honte de le regarder, en même temps, je suis intriguée. Son sexe, long, ni gros ni fin. Quelle attitude avoir ?

On me balance :

— Il te plaît ? C'est ton partenaire.

Il engage la conversation. Pour lui, tout est normal. Remarquez, quoi de plus naturel qu'être à poil dans ce milieu ? Il me lance deux petites vannes pour détendre l'atmosphère, je ris avec lui. Il me pose quelques questions : d'où je viens, quel âge j'ai, des banalités. Il me regarde me déshabiller et s'étonne que je sois musclée, je lui réponds simplement que je fais du sport. Il regarde ma poitrine, il la trouve superbe. Il va se doucher, j'en fais autant, pendant que la make-up prépare une fille qui doit bosser avec nous.

Dans la salle de bains, un autre acteur fait son apparition. Il est plus âgé que le premier, mais tout aussi mignon. Vêtu d'un costard, portant le bouc, les yeux bleus, la chevelure sombre, il me regarde prendre ma douche. Il dit qu'il a aperçu ma poitrine, qu'il l'adore, qu'il adore les gros seins en général, ça lui vient de sa mère qui les a gros elle aussi. Il commence à m'embrasser, me caresse le corps, me touche, je le laisse faire. A ce moment précis, je me demande comment je vais leur annoncer ma virginité. Je me confie à lui.

— Ecoute, j'ai un problème, je suis vierge. J'ai peur, je ne sais pas comment ça va se passer. Tu crois que ça va rentrer ? J'ai vu la quéquette de celui avec qui je vais travailler, elle me paraît un peu trop grosse pour moi. Le patron va se mettre en pétard s'il perd encore du temps.

Il me dit de ne pas m'inquiéter, que tout va bien se passer. Il sort. Je termine ma toilette, c'est la première fois que je me rase, on m'a demandé l'intégrale, ça me choque, mais bon. L'autre fille a fait un scandale à cause de ça. Elle a un petit copain qui l'a vue poilue ce matin même. Qu'est-ce qu'il dira si elle revient toute rasée ? La maquilleuse a une idée : elle lui dira qu'elle a posé pour une gamme de maillots de bain. Elle trouve cette idée géniale, ce qui clôt le débat. On est prêtes à bosser. Je cherche une cigarette, j'ai envie de fumer. On me demande sur le plateau, ça y est, c'est parti. Le Big Boss me prend à part, il sait que je suis vierge. Il me propose de boire un verre, histoire de me décontracter. Il dit que je n'ai rien à craindre, je travaille avec des professionnels qui ne sont pas là pour me torturer. Tout se passera bien. On démarrera gentiment. J'y vais, déterminée à ce que tout se passe bien. Lorsque je mets les pieds sur le plateau, une ambiance chaleureuse règne. Je suis contente d'être là, finalement. Début de séance, deux filles, un garçon, trois-quatre positions, jouissance, et terminé. Ça ne me paraît pas trop compliqué. Première position, réglage des lumières, de nos places respectives. On est toutes les deux assises sur un canapé, le garçon debout derrière nous, nous tenant par l'épaule, première photo. Les deux filles s'embrassent sur la bouche, photo. Le garçon baisse son pantalon, l'une lui suce la bite, l'autre l'embrasse. On enlève le haut les deux filles, toi, tombe le pantalon complètement, enlève les chaussures, les chaussettes, déboutonne la chemise, les deux filles sur la bite ! Une heure s'est écoulée. Un des bons côtés de ce boulot. Quand tu travailles, le temps passe vite, tout s'enchaîne. Le Big Boss réclame : « Prends l'une des deux en levrette. » Mon cœur se met à battre très fort. Il s'attaque à l'autre. Vaseline, Sopalin sont de rigueur. Première position, tête face caméra comme ils disent dans leur langage, puis cul caméra. Moi, pendant ce temps, je n'ai qu'à lui écarter les fesses ou les jambes et sourire. Je dois dire que ça me plaît. Mon tour arrive. Bon, elle est vierge, ne la prends pas comme un sauvage, dit-on derrière moi, une cul caméra d'entrée. Finalement, je ne sens pas de douleur alors j'y vais de bon cœur. On s'attaque à l'anal, si elle y arrive aussi bien, on la prend sur les cinq jours de tournage. Toute contente de mes performances, j'acquiesce. Quand je prends réception du colis, je fais une autre tête. Faut avouer que je ne sais même pas ce que c'est l'anal. J'ai vite compris.

22 heures. Après deux sets consécutifs, je n'ai pas mal, mais je suis soulagée que ça se termine. Une bonne douche, puis le Big Boss nous invite dans un restaurant à Saint-Germain-des-Prés. C'est chez Gianni, un de ses potes, cuisine italienne. On se croirait à Beverly Hills. Par frime, le Big Boss file de la tune aux filles pour le taxi. Il prend rendez-vous avec nous, comme promis, pour son prochain tournage. Je trouve ça classe le taxi. C'est mon premier.

Retour à la maison. Contente d'avoir empoché 1 500 francs pour quelques heures de travail, je m'endors aux anges, en rêvant au Big Boss. Je suis amoureuse de lui : je n'ai qu'une hâte, le revoir vite.

La semaine suivante. Je me retrouve dans un super-hôtel du 16e. Je suis surprise, il y a beaucoup plus de monde que le jour des photos. On dépose nos affaires et on va manger dans un restaurant chinois hyper chic. L'équipe des acteurs est la même, à ceci près qu'il y a beaucoup plus de filles. L'une d'elles n'est là que pour satisfaire une des grosses têtes de la production, que je ne connais pas encore. Les présentations faites, on dîne dans la joie et la bonne humeur jusque tard dans la nuit, puis nous regagnons nos chambres. Je partage la mienne avec une autre. Elle se prénomme Flora, pas trop grande, les yeux bleus, elle porte de longues locks. Elle est sympa mais un peu déstabilisée. On parle jusqu'à 5 heures du matin. Elle essaye de m'apprendre les ficelles du métier comme elle dit. Non pas qu'elle connaisse le milieu depuis des années elle en est à sa deuxième semaine de tournage —, mais elle me vante surtout une femme avec qui elle a travaillé, Laetitia de Nanou Contact. Elle me dit qu'il est agréable de tourner avec elle, c'est une ancienne actrice du milieu qui a réussi à percer dans la production. Ses scènes sont très faciles, d'autant plus qu'on n'en tourne qu'une par jour, me dit Flora. Le reste du temps, on profite du soleil et de sa piscine. Il paraît même qu'elle adore les relations avec les femmes et que, souvent, elle participe aux scènes ou t'invite dans sa chambre. Le plus génial, c'est qu'elle te paye l'avion pour venir et repartir. Les soirées se terminent dans des restaurants de la Côte, souvent des karaokés. D'après Flora, ça vaut vraiment la peine d'y aller. Vu comme ça, c'est très tentant. Prochaine étape dans ma carrière : aller là-bas.

L'heure passe, il est temps de se lever et de se préparer à la grosse journée qui nous attend. On fait couler un bain et on se lave ensemble. J'ai pas l'habitude de prendre mon bain avec quelqu'un. On commande le petit déj, il faut bientôt descendre.

Arrivées sur le plateau de tournage, direction maquillage, habillage, réglage des lumières, explications du travail à faire, deux filles, un gars. Tout devrait être fini en deux heures, nous dit-on. Le résultat est tout autre. Ce qu'on nous demande n'est pas aussi simple que prévu. Visiblement, l'acteur est trop fatigué pour se taper deux filles, surtout dans les positions demandées. Je comprends qu'il n'y arrive pas. La première fille allongée sur une table, la seconde, position 69 sur elle, taille une pipe au gars qui alternativement pénètre la première. La table est trop haute pour lui. Vraiment pas évident. Et comme par hasard, c'est la faute des filles. Flora pleure. La table lui casse le dos. Lui s'appuie sur elle pour ne pas perdre l'équilibre. Tout le monde s'énerve, une sale ambiance. Je me mets sur le côté afin de ne pas déranger. Si elle doit subir ça, qu'est-ce qui m'est réservé ? Au bout de quelques minutes, le Big Boss et son producteur interviennent. Ils insultent l'acteur, le traitent de mauvais, lui disent qu'ils l'ont pris parce qu'il a quémandé du travail, mais qu'il n'est même plus capable de le faire. Il est trop vieux pour ce métier, beaucoup de jeunes attendent leur tour. Je ne me sens pas à ma place, j'ai peur. Je me demande comment ça va finir. Il faut faire une pause pour mieux recommencer. Je trouve ça classe leur intervention. Vraiment le Boss, c'est quelqu'un.

Flora et moi sommes restées dans la cuisine. On boit tranquillement un café et on fume une cigarette. Elle essaye de se remettre tant bien que mal de ses émotions, quand le producteur vient soi-disant pour lui remonter le moral. Il l'installe sur l'évier, glisse sa tête entre ses jambes, commence à la lécher, prend une cuillère en bois, lui enfonce dans la chatte. Je suis choquée, je ne sais plus où me mettre. Elle ne dit rien, ça me surprend, puis d'un coup, elle saisit la cuillère, se relève et se met à crier. Elle éclate en sanglots. Il est venu faire la place, soi-disant. Après quelques minutes de silence, on décide de reprendre le travail. J'ai envie que tout ça se termine, je n'ai rien subi pour l'instant mais mon tour finira par arriver. Au bout du compte, c'est malsain comme milieu. Dans ma tête, il est clair que je suis là pour me faire sauter, mais pas par tout le monde. Il paraît que ça s'appelle de l'avancement. Très peu pour moi.

La scène au final se passe très bien, on mange

comme si de rien n'était. Il est 15 heures, Flora et moi ne reprendrons que vers 19 heures. C'est une longue coupure, j'en profite pour me reposer, récupérer la nuit précédente. Elle, décide d'aller faire un tour. Quand il faut reprendre, retouche make-up, nouvelles fringues, j'ai du mal à me réveiller, pourtant je dois être prête à tourner maintenant. J'ai plus envie d'être là, mais je n'ai pas le choix. Je travaille avec une autre fille et un autre garçon. La scène est bouclée en moins d'une heure. D'autres personnes ont encore une scène, et on va manger. A 23 heures, j'ai grave envie de dormir, je retourne dans ma chambre, je dors seule : Flora ne viendra que demain, elle est rentrée chez elle. Je m'endors tout de suite.

A 5 heures du matin, on frappe à la porte, c'est Flora. Elle est toute défoncée. Je n'ai jamais eu affaire à une droguée, je suis paniquée. La paranoïa aidant, je me fais plein de sales trips. Si elle en est là après deux semaines de tournage, combien de temps me faudra-t-il pour y venir ? Je ne peux plus dormir. Je prends une douche, fais monter mon petit déjeuner et attends dans un coin de la chambre qu'on vienne me chercher. A mon arrivée sur le plateau de tournage, je vais voir le Big Boss, je lui raconte l'histoire. Il voit que je suis pas bien, dorénavant, je dormirai seule. Ce n'est pas une affaire réglée. Je crois que tous se piquent pour travailler. J'ai conscience du mot sida. La seule fois où j'en ai entendu parler, c'est à l'occasion de la sortie du film de Cyril Collard, *Les Nuits fauves*. Jamais je n'aurais pensé que je pourrais y être confrontée. J'en parle autour de moi, je pose plein de questions : comment on sait si quelqu'un a le sida, nous on couche ensemble, mais on sait pas si l'un de nous est malade. C'est mon premier tournage X, je crois que pour tous c'est pareil, mais pas du tout. Ils ont plus ou moins de l'expérience. Pour certains, cela se compte en années. Un des acteurs vient me rassurer : « Mais ne t'inquiète pas comme ça, ici tout le monde fait le test HIV. » Qu'est-ce que ça veut dire HIV ? On ne m'a jamais parlé de ça. Ils se sont bien foutus de ma gueule, ces connards. L'autre, toujours pour me rassurer :

— C'est pas pareil pour toi, t'es arrivée vierge, tu ne peux pas avoir le sida.

Pourquoi ? Je ne l'ai pas vu, leur test. On ne m'a rien montré. De là, je comprends que dans ce milieu, personne ne te respecte. Leur seul intérêt, c'est le film, le reste, rien à foutre. Je voudrais partir, mais j'ai peur. Quand j'étais gosse, j'ai vu plein de séries télévisées dans lesquelles les filles atterrissaient là pour l'argent. Quand elles voulaient raccrocher, elles se faisaient buter. J'ai peur et je ne peux rien faire. Je reste pétrifiée. Le Big Boss ne comprend pas, il vient me voir, persuadé qu'il a tout fait pour que ça se passe bien. Je sais qu'il m'aime beaucoup, mais il est comme tout le monde, là pour gagner de la tune. Je lui explique mon problème, lui dis de quoi j'ai peur. Il éclate de rire :

— Tu sais, si tu veux partir, fais-le, on ne te tuera pas, seulement, tu vas me foutre dans la merde. On a commencé le film avec toi. En plus, en ce moment, il y a moins de demande. Pour les tests, je vais être honnête avec toi, il n'y a que deux personnes qui les ont faits. Tu peux voir leurs tests, tu peux même aller en faire un. J'appelle l'assistant et c'est réglé. Par contre, je sais pas si tu sais comment ça fonctionne, mais il y a une période d'incubation de trois mois, et même toutes les personnes qui ont ici un test négatif, ça ne signifie pas qu'elles sont bien portantes. C'est à toi de voir. Alors qu'est-ce que tu décides, pitchoune ?

Je prends le temps de la réflexion. Ce mec a de la tchache. Il sait endormir les gens. J'ai aucune envie de le décevoir, j'accepte, je suis tellement folle de lui. J'irai faire ce fameux test après. Il est satisfait. Quelle conne je suis. On enchaîne le tournage jusqu'à la fin. Je récupère ma tune en cash, je suis contente. Le Big Boss me dit qu'on se reverra bientôt, ça me rend plus heureuse que tout.

Je rentre chez moi, prends le train, pas envie de dépenser pour le taxi. Ce qui est très con car je pourrais me faire braquer. J'habite une banlieue dite « chaude », à Gagny, près de Montfermeil, dans le 93. Je suis rentrée sans encombre. Je suis tombée sur des gens avec qui j'ai grandi, rien à craindre. En dehors du fait qu'ils sont amoureux de moi depuis des années sans jamais avoir osé me le dire, de toute façon, on n'est pas du même monde. Eux, je m'en fous, ils ne m'ont jamais intéressée, et c'est pas près de changer. Leurs vies, des pseudo-braquages. Quel avenir pourraient-ils bien me proposer ? Rien à foutre de ces connards.

Enfin chez moi, je me couche en me demandant de quelle manière je vais pouvoir dépenser cet argent si « facilement » gagné. Je pense à toutes ces choses que je n'ai jamais pu avoir. Non que je sois issue d'un milieu pauvre, ma famille avait beaucoup d'argent, de bonnes situations professionnelles, mais mon enfance ne m'a pas laissé l'impression que j'étais le fruit tant désiré. Souvent battue pour rien et droit à rien. Un vrai canard boiteux. « Ecrase ou le martinet va chanter ! » Mes amies, c'étaient celles de ma petite sœur. J'ai six ans de plus qu'elles, pas grand-chose à leur dire en fait. Elles, elles étaient fières d'avoir une grande dans leur bande. Moi, j'avais honte d'être réduite à ça. Les grandes de ma cité, les filles de mon âge, me traitaient de sale « France Couille » parce que je n'étais pas comme elles. Elles n'ont pas de parent français, ma mère l'est, alors pour s'intégrer, il fallait se battre, ce que je faisais sans problèmes. Il n'y a qu'à l'école où j'étais bien, c'était le seul endroit où je me sentais exister. J'étais bonne élève. Les garçons s'intéressaient à moi mais pas de chance pour eux, j'ai deux frères, plutôt deux chiens de garde qui ne les autorisaient pas à me parler, sinon, ils les massacraient. Alors très vite, mes camarades de classe ont fait comme si je n'existais pas. A la maison, il suffisait que j'amène une mauvaise note pour que tout de suite les claques pleuvent sur mon visage, et systématiquement, ça se passait devant des gens. Non seulement je me faisais frapper, mais en plus, c'était en public. Double humiliation. Mes frères, c'étaient des garçons, ils avaient le droit de redoubler. Il aura fallu quelques années pour que je me révolte mais la révolte fut terrible. Je devenais une mauvaise élève, et pire, je faisais plein de conneries. Si bien qu'un jour, une juge m'a refilé une éducatrice spécialisée. J'aurais peut-être pu m'en sortir avec son aide. Mais si je lui avais parlé franchement de ce qui n'allait pas, j'aurais eu droit à des représailles, alors je me suis tue, et j'ai laissé s'évanouir toute chance de m'en sortir. Et puis un jour, le 18 mars 1994, j'ai décidé de me jeter à corps perdu dans le X. Ma vie va changer, c'est tout ce qui compte, l'indépendance tant attendue.

Deux jours plus tard, je me rends chez mon proxo, il a autre chose à me proposer. C'est chez Laetitia, la prod de Nanou Contact dont Flora m'a parlé. J'accepte tout de suite. Je pars jeudi en avion. A l'aéroport de Montpellier, un monsieur avec une pancarte attend Raphaella. Quelle classe ! 11 heures du matin, j'arrive chez elle, c'est son mari qui m'accueille. On sent bien l'accent du Midi, le pastis est de rigueur. Je ne bois pas d'alcool, je refuse. Il me sert un Coca, on trinque. Je ne parle pas, trop timide pour ça. Il comprend. Sa femme arrive, elle vient m'embrasser, je lui tends la joue, elle m'embrasse sur la bouche. Ça me surprend, je ne dis rien, je pense que c'est sa manière à elle de souhaiter la bienvenue. Elle me propose de visiter sa maison. Elle parle un peu avec moi, la conversation ne s'agrémente que de Oui, Non. Je n'ouvre pas la bouche. Impressionnée sûrement. Pour moi, elle est l'égale de mon idole de l'époque : Pamela

Anderson. Je bloque, problème de communication. On déjeune, une chambre m'est réservée à l'hôtel. J'irai plus tard. C'est un jeune, nouveau dans le milieu, qui fera la scène avec moi. Il doit venir après le déjeuner. La scène se passera dans les bois, elle et son mari filmeront. Ça ne fait pas beaucoup de monde, mais ça m'arrange. A cette époque, je me trouve énorme. Mon plus grave défaut, une carie sur une des dents de devant. Un truc horrible, bien visible. C'est une des raisons qui font que j'évite de parler. Apparemment, ça dérange, Laetitia a appelé mon proxo pour savoir si je n'ai pas un problème. Il leur a expliqué que je suis simplement timide. Elle a failli me faire rentrer à Paris. Je ne veux pas partir, le pire, c'est que je me sens coupable d'être nulle, je vais faire des efforts.

Je dois jouer le rôle d'une infirmière de campagne partie se promener en forêt. Jusque-là, tout va bien. Elle tombe sur un gars handicapé avec qui elle aurait envie de niquer. Mais le type n'est pas beau et il ne me trouve pas belle non plus. La scène commence, je dois lui tailler une pipe, ça m'écœure. Je suis là pour ça. Encore un désavantage du métier, t'as pas le choix, tu couches avec qui on te dit de coucher. Sa bite n'a pas l'air énorme au début. Plus je la suce plus elle grandit. Elle me fait peur. C'est décidé, il ne me prendra pas. Pas difficile, quand il s'agit de pénétrer, il ne bande plus. Hors de question de lui faciliter la tâche. Je viens juste d'être dépucelée, ça rentre pas facilement. Laetitia craque, elle en a ras le bol, ça fait plus d'une heure que ça dure. Elle s'énerve de plus en plus.

C'est son mari qui trinque alors qu'il n'y est pour rien. Elle lui dit de prendre la relève. Il est vieux. Je rêve d'être prise uniquement par de beaux jeunes hommes comme ceux auxquels m'a habituée le Big Boss. Je suis allongée à même le sol, il se penche au-dessus de ma tête, me tend sa vieille bite. Ça me répugne, mais j'ai refusé le jeune, c'est le prix à payer. Je me maudis. Lui n'y arrive pas non plus. Laetitia s'énerve de plus en plus. Elle arrête là.

Dans ma chambre d'hôtel, je pense à cette scène, je ne regrette pas vraiment. D'abord, c'est leur faute, pas la mienne, quelle idée de prendre des incompétents. Elle vient me voir, elle a besoin de discuter. Elle est habituée à ce genre de pseudo-acteurs, c'est fréquent dans le milieu, ils se prennent tous pour Superman. Elle n'est plus en colère, ça ira mieux demain. Pour l'instant, je me prépare pour le dîner, elle m'attend dans le hall. Cette femme est gentille. Je jure que demain, je ferai bien mon travail, plus d'états d'âme. On passe une bonne soirée. Je dors tard. On ne bosse pas avant 15 heures, j'ai le temps d'émerger. L'autre est encore là. Pourvu que ce ne soit pas pour moi. Ça se lit sur mon visage. Quand Laetitia voit ma tête, elle me prend dans ses bras, m'explique qu'il reste pour ce soir, il y a une soirée et elle a besoin de lui. Un spectacle en boîte qu'elle organise. Il jouera un pseudo-garde du corps. D'ailleurs, un couple doit aussi nous y rejoindre pour la même raison. Dans l'immédiat, une petite scène de masturbation m'attend. J'enfile les vêtements qu'elle m'a préparés. Ma première scène en solo. Je suis toute flippée, il faut parler à la caméra. D'habitude, on ne me demande pas ce genre de chose. Elle veut savoir si j'ai fait un lavement. Qu'est-ce que c'est que ce truc ? Je réponds non. Tant pis, le tournage doit commencer. Je porte des socquettes, c'est ridicule avec des hauts talons. L'histoire du lavement me perturbe. Je m'installe sur un escalier, elle m'explique ce qu'elle veut de moi. Elle me tend un godemiché. Je me présente à la caméra. Elle veut que je soupire, donne envie à celui qui regardera la cassette. Si ça l'amuse que je dise que je suis une grosse salope, que j'aime la bite surtout dans le cul, pourquoi pas ? Le gode entre en scène, je le suce pour lui montrer à quel point j'adore les queues. Je me le fourre à l'intérieur sans envie, j'ai un certain a priori contre cet objet. Ça fait hyper mal. Evidemment, elle me veut en levrette. Je déteste cette position, je ne suis pas un chien. J'ai envie de pleurer, je me trouve sale, le sentiment d'être une merde. Passage dans le cul, je la déteste, quand soudain :

— Caca plein pot, stop, faut que t'ailles te nettoyer.

Je comprends rien à ce qu'elle raconte, je retire le gode... je me suis chié dessus. Ça ne m'est jamais arrivé. Je pâlis, je m'excuse. Trop tard, c'est filmé. Direction salle de bains, je ne veux plus sortir, elle frappe à la porte :

— T'es pas la seule à qui c'est arrivé, toutes les filles du métier y ont eu droit. En général, elles prévoient le coup avec des lavements.

Putain, quand on ne connaît pas les petits trucs du métier, on se fout vite dans la

« merde ». La scène reprend. Je me chie dessus chaque fois. Feindre une jouissance, scène terminée, je m'y donne à fond. Elle me prête une poire de lavement pour la scène suivante.

Le nouvel acteur arrive, on file à moto. Je suis vêtue d'une jupe et pas de culotte. Dans le vent, ma jupe se soulève sans arrêt. Les voitures ne cessent de klaxonner. On s'arrête sur le bord d'une route, dans un endroit adéquat. L'acteur est super sympa, en plus, il me dit qu'il en a une toute petite, je n'ai donc aucune appréhension à jouer avec lui. La scène, il la fait à sa façon. Pas de doute, c'est un vrai de vrai. Il m'embrasse en me déshabillant lentement, me caresse gentiment et me lèche. C'est la première fois qu'un comédien me le fait. Je trouve cette intention très délicate, il fait tout pour que je sois à l'aise. En vrai, il m'a menti sur la taille de son sexe qui est énorme, avec un gland en forme de champignon, d'ailleurs c'est comme ça qu'on l'appelle : Champignon. Comment lui en vouloir, il est très gentil et précautionneux. La scène s'est bien passée.

Retour à l'hôtel, on se prépare pour le dîner. Le spectacle que Laetitia doit faire en discothèque m'intrigue. Le couple qui y participe est arrivé. Au restaurant, je chante devant tout le monde : j'aime chanter. Aux toilettes, plusieurs personnes me félicitent et m'encouragent à recommencer. Je suis fière lorsque le DJ lui-même me demande de chanter avec lui. Ici, je fais des choses que je n'aurais jamais osé faire avant. La chanson est un de mes rêves d'enfant.

L'heure tourne : direction l'Extasia 2, un club

échangiste dans lequel Laetitia a des parts. On nous installe à une table, le champagne nous rejoint. J'ai l'impression de rêver, me voilà entrée dans le monde des « stars ». Je me la pète grave, j'empêche les gens de m'approcher sinon je fais appel aux pseudo-gardes du corps. On vient m'apprendre que je suis le clou du spectacle. Je suis censée rentrer dans la boîte sur une moto, habillée en mariée, et me déshabiller au fil de la musique. Ça ne paraît pas compliqué, j'accepte. A la fin du spectacle, on me demande d'aller sucer des mecs. Je refuse et j'apprends que c'est une tradition pour les filles du X. Rien à foutre, depuis quand je suis censée sucer les « autres » ? Ils s'adressent à la femme du couple, elle accepte sans rien dire. Je suis surprise : son mec est là. Lui a l'air de trouver cela normal. Pour eux, c'est une soirée « je fais la fête », peu importe comment. Je retourne m'asseoir et scrute l'endroit. Je suis la seule à ne pas m'amuser. La moitié des gens sont à poil, les autres matent ou se branlent. Je veux rentrer, il est 3 heures du matin. Je prends la clef de ma chambre et vais me coucher. Je me douche et m'apprête à dormir, quand on vient frapper à la porte.

— Raph, excuse-nous, on est supposés rentrer chez nous, mais je suis trop bourré pour conduire. Est-ce qu'on peut dormir dans ta chambre jusqu'à demain ? Y a personne à la réception. On peut s'il te plaît ?

Putain, à trois dans mon lit, fait ièche, j'ai pas envie.

— OK, mais demain vous bougez vite.

L'acteur avec qui je ne voulais pas travailler vient lui aussi cogner à ma porte et commence à me reprocher de les accepter dans ma chambre (qu'est-ce qui fait laüsse, je m'en ouf de sa vie). Il a décidé que je dormirai avec lui pendant que les autres prendront sa chambre.

— Mais tu me fatigues, vas-y, va te coucher.

Il repart super-énervé. Il trouve que je suis quelqu'un de bien maintenant : qu'est-ce qu'il faut pas entendre, je vous jure.

9 heures, je me réveille, la fille est dans la douche. J'ai envie de niquer, je réveille la teub de son mec et je m'empale dessus, il jouit, je suis contente. Niquer juste pour que l'autre en entende parler.

Aujourd'hui, je n'ai plus que des photos à faire au cap d'Agde, dans un camp de nudistes. Ça me rappelle la série des *Gendarmes à St-Trop* avec Louis de Funès. Je suis pressée de voir à quoi ça ressemble.

16 heures, on s'allonge sur le sable une petite heure, les photos sont pour plus tard, il y a trop de soleil. Ma dernière journée dans le Sud, je suis un peu triste. Au bout du compte, je les aime bien ces deux-là.

De retour à Paris, je prends une chambre d'hôtel à Gare de l'Est. Je fais le tri : plus de fringues propres à me foutre. Direction les Halles, j'en achète de nouvelles.

Le matin suivant, je fonce chez mon proxo. Il m'explique que beaucoup de choses ont changé ici, qu'il est sous surveillance judiciaire, mais me propose néanmoins un autre tournage, toujours avec le Big Boss. Je suis plus qu'heureuse de le revoir si vite. Je rentre chez moi, en attendant qu'il m'appelle pour fixer rendez-vous. Il est impératif d'aller faire le test HIV. J'ai peur mais j'entre dans le premier laboratoire ouvert :

— Je souhaiterais faire un test HIV, s'il vous plaît.

— Très bien, vous avez une ordonnance ?

— Non, c'est personnel, une sécurité.

Nom, Prénom, Adresse. On m'installe dans une petite pièce, c'est un monsieur qui vient faire la prise de sang. J'ai toujours eu peur des piqûres, ça fait mal, mais que faire ? Rien, sinon faire semblant, penser à autre chose. On me dit de revenir chercher les résultats demain. Je passe la journée la plus pourrie de ma vie. Et si j'ai attrapé quelque chose, qu'est-ce que je vais devenir ? J'ai rendez-vous à 14 heures pour le film. Je passe chercher mon test. On me remet une enveloppe avec le sourire. « C'est bon », me dit-on. Je suis hyper heureuse et pars en direction du tournage, toujours au même endroit, avenue Kléber.

Tout le monde se connaît maintenant. A ma grande surprise, il n'y aura pas de film, mais des photos. Je suis contente car je n'aurai pas besoin de jouer celle qui raffole des queues. Je n'aime pas crier et faire semblant de jouir parce que, en vrai, je déteste me faire pénétrer. C'est maintenant que je ressens le dépucelage. Ce qui me rend plus heureuse que tout, c'est que les Allemands avec qui on tourne d'habitude ne sont pas là. Je rencontre une autre fille avec qui je dois travailler. Elle se fait appeler Flo. Elle a les cheveux très longs. J'adore ça, les filles qui ont les cheveux longs. On a deux petites séquences photos, très rapides chaque fois. Sur la dernière séquence, l'acteur demande qu'on l'aide à jouir. L'autre refuse. Je pense : putain, à tous les coups ça va être pour moi ! Et je me raisonne : bon, ce genre de chose fait aussi partie du boulot. Je lui dis que sitôt le Big Boss prêt, on peut y aller, et lui me répond de ne pas m'occuper du Big Boss, qu'il l'appellera le moment venu. Et c'est parti pour la pipe. Je sens qu'il va jouir, il m'attrape la tête et m'empêche de me retirer. Je ne comprends pas. Il est supposé éjaculer pour la série de photos, je me dégage brutalement. Il me traite de salope, il me dit que je lui ai gâché son plaisir. Et moi, toujours aussi bête, je lui demande pourquoi il n'a pas averti le Boss. Flo éclate de rire et vient me voir.

— Il s'est foutu de ta gueule, la séance est terminée depuis vingt minutes. Il avait juste envie de se vider les couilles dans ta bouche.

L'enculé ! Je prends ma douche, c'est trop tard pour dire quelque chose.

Le soir, nous allons tous chez Alban, un ancien comédien du porno qui tient une boîte échangiste à Saint-Germain-des-Prés. Arrivée dans la boîte, j'inspecte les lieux. On se croirait dans une grotte, il y a très peu d'éclairages, une petite piste de danse, mais la musique laisse à désirer, le DJ n'est pas vraiment au point. Nous nous installons dans le fond de la boîte, on nous apporte du champagne et nous faisons la connaissance du maître des lieux : Alban Ceray. Tout va bien jusqu'à ce qu'une petite connasse vienne m'emmerder. Apparemment, une ex-copine du Big Boss, qui m'en veut d'être assise à côté de lui. Je fais comme si de rien n'était et vais danser. Evidemment, le Big Boss me rejoint, accompagné de toute sa troupe de comédiens. On s'éclate grave. Les uns se déshabillent tandis que les autres applaudissent et rigolent. Comme par hasard, l'autre connasse se joint à notre petite fête, sans négliger de venir me faire chier. J'en ai marre. Je l'attrape, la colle contre le mur, bien décidée à lui éclater la gueule, quand Alban me retient. Il m'emmène dans ses cuisines et me dit qu'elle ne vaut pas le coup. Il la fout dehors et tout est réglé. J'accepte le deal, mais me jure que si je la revois.... Petit à petit, les gens s'engouffrent dans les alcôves. Je visite l'endroit. Je descends dans les caves, il y a moins de lumières qu'au-dessus. Puis j'aperçois des gens entassés les uns sur les autres. Des frocs baissés jusqu'aux chevilles, des gonzesses affalées sur des espèces de matelas. Des capotes éclatées par terre. J'entends des : Oui, suce-moi salope, écarte tes jambes, t'aime ça hein ?, elle est bonne ma bite, j'peux mettre mes doigts dans ta chatte ?, donne-moi ton cul... C'est crade et excitant. Une sale odeur de fauves nage dans l'air. C'est trop bizarre. Une main m'agrippe, m'amène à une queue. Pas du tout contente, je remonte en courant. Un des acteurs est resté seul en haut. Je m'assois à ses côtés. Il me demande si j'ai pas envie de lui et commence à m'embrasser. Je me laisse faire. Après tout, on est que tous les deux. Il bande déjà. Je baisse mon pantalon et m'empale sur lui. Une main me caresse le derrière. Sans que j'aie le temps de quoi que ce soit, on me saisit la tête, je me retrouve face à face avec une teub inconnue. Il croit peut-être que je vais le sucer, ce vieux pas beau. Mais pas du tout. Je me dégage, remets mon pantalon. L'acteur me dit :

— C'est d'usage ici, allez, suce-le !

— Va te faire foutre, suce-le tout seul !

Je cherche le Big Boss pour lui dire au revoir. Je ne le trouve pas, tant pis et salut tout le monde.

Le lendemain, dans l'après-midi, je vais voir le proxo. Il a encore un tournage à me proposer. Décidément, les affaires marchent bien. Je retourne chez Laetitia avec Flora et d'autres filles que je ne connais pas encore. On se donne rendez-vous à 7 h 30 devant son bureau, il nous emmène à l'aéroport. Arrivées là-bas, nous allons direct à l'hôtel. Il est bientôt 14 heures, Laetitia n'a toujours pas donné signe de vie, nous décidons d'aller manger au restaurant de l'hôtel. Le soleil tape, on s'installe à l'extérieur, tout heureuses d'être là. Nous passons commande. Entre-temps, Laetitia arrive. Nous la repérons tout de suite, elle est dans une voiture sur laquelle son nom est écrit en gros. Quand nous la rejoignons, elle nous envoie toutes balader :

— Qui vous a dit de prendre une table ici, on vous a prévenues que j'arrivais et qu'une table était prévue ailleurs. Vous êtes des connes. Vous n'avez qu'à rester ici pour la peine. Quelqu'un viendra vous chercher à 3 heures et vous avez intérêt à être prêtes.

Elle est accompagnée d'autres comédiennes qu'on ne connaît pas. Elle nous a foutu la honte. Sitôt mangé, nous nous préparons pour le travail. Moi, j'ai pris de la « notoriété » question habillement. Je fais attention à moi. Je suis même devenue féminine. Je me maquille facilement. Le pire, c'est que je fais ça avec amour. J'y ai pris goût. Et vas-y les hauts talons, les jupes ras la moule. J'ai même fait réparer ma dent de devant. Teint mat, vive les UV. J'ai perdu quelques kilos. Je suis mieux dans ma peau. Je me suis donné une putain de valeur. Les autres, elles hallucinent. Elles se demandent pour qui je me prends. En fait, on m'a parlé du Festival de Cannes qui approche, j'y suis invitée. Je me dis que, quitte à faire ce boulot, autant le faire bien. Je suis trop fière de moi. D'autant qu'une fois sur le lieu de tournage, Laetitia me félicite de tous ces changements. Je ne me sens plus pisser. On tourne *L'Ecole de Laetitia 6,* la série va être sélectionnée au Festival du cinéma porno, je suis contente d'être dedans.

Le tournage commence très mal. La plupart des filles présentes n'ont pas leur test. Les acteurs n'acceptent pas de travailler dans ces conditions. Laetitia leur dit de faire usage de capotes pour aujourd'hui, demain, toutes celles qui n'ont pas leur test partent. Moi, je m'en fous, je l'ai, j'ai l'habitude maintenant. Nous nous les montrons, nous pouvons enfin commencer. Les acteurs sont cool. Le seul inconvénient quand on t'aime bien, c'est qu'on veut systématiquement bosser avec toi. C'est chiant parce que j'aime être avec ceux qui en ont une petite, et cela n'arrive pas souvent.

Quoi qu'il en soit, aujourd'hui, je suis en grande forme. Et vas-y les positions, et devant et derrière. Nous sommes deux à être sorties du lot des mauvaises. On distingue tout de suite celles qui sont là uniquement pour l'argent des autres. Moi, je veux qu'on soit fier de moi. La scène se déroule ainsi : nous sommes supposées être des élèves que la prof initie aux relations sexuelles. Adorant ce genre de cours, nous y allons bon train. On gère la scène nous-mêmes. Laetitia ne sait plus où donner de la tête. Cette séquence terminée, on enchaîne une scène à deux, tout va très vite. Retour à l'hôtel, chambardement dans les salles de bains. On a envie d'aller chanter. On se retrouve dans un tout petit karaoké où on fout un putain de souk. Le garçon qui s'occupe d'animer la soirée ne cesse de me faire monter avec lui pour chanter. J'aime ce genre d'ambiance, c'est une trop bonne soirée. En plus, je n'ai pas besoin de boire pour faire la fête : je ne connais toujours pas le goût de l'alcool.

Le petit séjour terminé, le Big Boss m'appelle et me demande si je ne connais pas de nouvelles gonzesses : il prépare son casting pour Cannes. On se donne rendez-vous à 21 heures à la Pizza Pino des Champs. Je contacte les filles que j'ai rencontrées chez Laetitia. Ce soir-là, il n'en choisit qu'une. Les autres ne lui plaisent pas, et il n'a pas tort. J'ai remarqué moi aussi qu'en général, les filles françaises sont des boudins. Pas sportives pour un sou, plates à l'infini, etc., etc. Son choix fait, il règle le resto, renvoie gentiment les autres, les remercie de s'être déplacées, leur paye le taxi. Nous, on l'accompagne le reste de la soirée. Il nous emmène au Club 41 : chez Denise, une ancienne comédienne du porno, elle aussi. Apparemment, quand tu arrêtes de tourner, soit tu te fais producteur, soit tu te prends un club d'échangisme. C'est strange quand même. Arrivés là-bas, il commande à boire. Moi, je ne bois toujours pas. Ce soir, il veut que je fasse un effort et il me tend une coupe de champagne. Je la prends, je goûte, je trouve ça dégueulasse mais je le remercie. J'attends qu'il tourne le dos et je balance le contenu de mon verre par terre. Quand il revient, il voit que mon verre est vide et il me le remplit à nouveau. Même scénario, qui dure jusqu'à la fin de la soirée. On se dit au revoir. Cannes approche, il nous fixe un rendez-vous pour le jour J.

Départ pour Cannes. Il est 5 heures du matin. On a rendez-vous dans un café, Porte de Saint-Cloud, Les Trois Obus. Petit à petit, les personnes conviées arrivent. Moi, je fais partie de ceux qui sont ponctuels. L'heure tourne. On se précipite tous au tabac du coin dès l'ouverture. Certains prennent un petit déjeuner. 6 heures, on est prêts pour le départ. Tout le monde se rue dans les voitures pour être sûr de ne pas rester là. Le trajet se divise en deux temps. Au premier arrêt, repas. Le second se fera à Cannes. Plus précisément à Mougins. Dans une résidence où l'on est censés travailler.

Arrivés là-bas, chacun prend possession de sa chambre. Nous faisons connaissance avec le propriétaire de la villa. De prime abord, il paraît super sympa. Au fur et à mesure que le séjour avance, il le sera de moins en moins. Mais bon, revenons à notre arrivée. Nous prenons un café tous ensemble. Dans le contrat de location, il était prévu qu'une des filles passe la nuit avec le proprio. Il doit en choisir une. Et comme par hasard, il s'intéresse à moi. On m'explique le problème, il n'en est pas question. Alors, élégamment, le Boss en propose une autre. Le proprio n'en veut pas, il me veut moi. Je ne suis pas d'accord, le Boss non plus. Il faut absolument trouver un compromis. C'est difficile, mais ça s'arrange.

Le premier soir, nous fêtons notre arrivée. Plusieurs personnes sont conviées dont Chanonne, une des filles en vogue en ce moment, une des rares qui ait percé aux Etats-Unis, et un photographe, copain du Boss. Je suis chargée de la musique. Cette idée me plaît beaucoup car j'ai pour habitude de me trimbaler les musiques les plus écoutées. On passe une super-soirée. Je fais partie de la première scène, je dois me coucher. Il est minuit passé, il est temps d'y aller, bonsoir tout le monde. La fille qui partage ma chambre m'interpelle. Elle est de corvée pour la soirée, elle sert de vidoir au prod. Cela ne l'arrange pas, elle me demande de l'accompagner. Evidemment, il n'en est pas question. Puisqu'elle a accepté, qu'elle se démerde. A croire que toutes les nouvelles se sentent obligées d'en passer par là pour trouver d'autres tournages. Quelle mentalité de merde!!! Elle vient me faire chier jusque dans la chambre, elle est complètement bourrée. Elle me soûle pendant une heure au moins. J'en ai marre, je la jette hors de la chambre. Je vais peut-être pouvoir dormir maintenant.

8 heures du matin, première debout, je prépare le petit déjeuner, fais la vaisselle de la veille. La make-up se réveille. Il faut être au point dans vingt minutes, salle de bains, préparation. Les gens se réveillent à leur rythme, à croire qu'ils sont en vacances. On me demande au maquillage. J'ai une scène pas très difficile, un garçon, deux filles. Ça n'a pas duré plus

d'une heure. Tout l'après-midi, je vais le passer à Cannes. C'est la première fois de ma vie que j'y viens, je compte bien en profiter. La fille d'hier soir réapparaît. Elle demande à m'accompagner, je n'y vois pas d'objection. Je lui dis d'être prête dans l'heure (je ne suis pas disposée à l'attendre).

La route de Mougins à Cannes est longue quand on marche. Nous décidons de faire du stop. La première voiture qui passe s'arrête. Elle nous dépose au centre-ville. A peine descendue, je cours au premier tabac, une cartouche de Philip Morris marron. La peur du manque, c'est une vraie drogue pour moi. L'après-midi se passe bien. Le soleil est de la partie. Nous faisons le tour de la Croisette, buvons des coups, il ne manque que la montée des marches pour s'y croire, vraiment. Une bonne journée, il est temps de rentrer maintenant.

Demain, il y a un déjeuner de presse organisé par *Hot Vidéo*[1]. Il paraît qu'il faut être sur son trente et un, maquillées et tout. Cela se passe dans un grand hôtel de Cannes. Je fais plein de rencontres, avec différentes maisons de production dont deux américaines[2] pour lesquelles je travaillerai : Nic Cramer, de Private Suède, et Christopher Alexander, d'Anabolic, soi-disant

1. Magazine sur le X qui célèbre les « oscars » de notre profession. On lui doit notre Festival de Cannes.

2. Il y a une différence entre le X européen et celui des USA. Aux Etats-Unis, c'est un marché légal et quasi équivalent du cinéma traditionnel. C'est une véritable industrie. Les « comédiennes » sont respectées et les salaires se calculent à la prestation, non à la scène.

des grands de ce monde. Au déjeuner, j'ai revu Laetitia, Jeff, un photographe pour qui je poserai dès que je serai sur Paris, et toute la bande d'« acteurs » que je connais déjà. Laetitia me dit que je devrais faire plus d'efforts pour plaire, que dans ce milieu plus t'es pute, plus t'y arrives. Moi, je suis convaincue au contraire que moins t'en fais, plus t'as de chances de bosser. La preuve en est qu'aujourd'hui, j'ai déjà décroché deux jobs sans pour autant m'être foutu une jarretière autour de la cuisse (le pseudo-truc en plus pour plaire). D'abord, je m'en fous de n'être qu'en dessous de la rampe. Le but pour moi n'est absolument pas d'être une « star », au contraire, moins on me verra, mieux je me porterai. Je suis là pour gagner des sous et bien faire mon boulot, le reste, je m'en fous grave. Je vais voir le Big Boss, je le préviens de mon emploi du temps, il est content pour moi, mais me dit de faire gaffe, alors je lui présente les personnes en question. Il acquiesce. Ça, c'est un bon pour accord signé. Je file au rendez-vous prévu. Il est temps de passer aux choses sérieuses. Il faut discuter price before working. Ne pas s'engager sans gros bénefs. Il paraît que les Ricains ont le portefeuille facile. Pourquoi ne pas en profiter un peu tant qu'on y est. Le deal bien négocié, on se casse dans leur villa.

C'est le moment de prouver que tu vaux bien ce que tu dis valoir. Pour être sûrs qu'ils n'ont pas pris une mineure, ils me demandent mes papiers d'identité, ma carte d'assurée sociale et bien évidemment mon test HIV de moins d'un mois. Je vais travailler avec Marc Davis, un

Anglais immigré à Los Angeles, ex-mannequin dans son pays, genre il n'est pas n'importe qui. Je m'en fiche de qui c'est. Tout ce que je veux, c'est empocher les 900 $ que j'ai demandés aux prods pour mes compétences. On tourne une série qui illustre bien la réputation des Françaises outre-Atlantique : toutes des salopes. Je l'appelle « Les Françaises sont comme ça ». Au vu de mes performances, ils sont devenus fous, ils m'ont augmentée de 100 $ et m'ont demandé de tourner une scène par jour pour eux. Je donne mon accord, mais dans l'immédiat, j'ai une scène qui m'attend ailleurs. Ils se proposent de m'accompagner sur cet autre tournage. Je les trouve gentils et prévenants avec moi, j'aime bien ça. J'accepte leur proposition. Ils prennent l'adresse de la villa où je suis et me donnent rendez-vous pour le lendemain matin, à 9 heures. La scène en question est pour Rebecca Lord, une Française qui a réussi à s'imposer aux Etats-Unis. On est deux filles et deux garçons. Ça ne dure pas très longtemps sauf que, cette fois-ci, ce ne sont plus des positions traditionnelles, on fait dans l'acrobatie. Style la tête en bas, les jambes en l'air (putain, les Ricains sont sportifs jusque dans la baise), 69 dans la même position, cette scène m'a éclatée. Je suis nase, vivement qu'on rentre. Le caméraman nous ramène à Mougins. En remplissant les contrats, ils ont un problème. L'autre nana n'a pas ses papiers d'identité. Elle promet de leur rapporter ce soir, à l'occasion de la soirée des Hot d'Or. Décidément, les Françaises sont vraiment inconscientes. Pour l'instant, toutes celles que j'ai croisées ont des problèmes soit de papiers, soit de test, soit d'autres choses encore. Elles ont toujours un pet de travers. Ça casse notre réputation. Tous les gens que je rencontre à Cannes voient en nous les déesses de l'amour, mais plus ils connaissent de filles, plus ils se rendent compte que c'est un faux mythe.

Après la célébration des Hot d'Or, nous finissons tous dans la discothèque de l'hôtel où je fais la connaissance d'autres producteurs, vraisemblablement ravis de terminer la soirée avec moi. Deux d'entre eux me proposent d'aller ailleurs, le Whisky à Gogo, une boîte beaucoup plus sympathique qu'ici. Je décline leur offre. L'un d'eux me prend à part, il me promet de faire de moi une super-star aux Etats-Unis. Il veut me prendre un billet pour aller là-bas, me promet de faire toutes les « cover ». Je ne sais même pas ce que ça veut dire « cover ». En vrai, il me soûle à me parler, puis je trouve qu'il insiste vraiment trop. J'aperçois quelqu'un que je connais, j'en profite pour m'éclipser. Notre discussion s'est terminée par un « je reviens tout de suite ». Maintenant, il n'est pas loin de 3 heures du matin, le Big Boss nous a donné un lieu de rendez-vous au cas où on se perdrait, je m'y rends. Apparemment, ils n'attendent plus que moi. Ils sont chauds pour aller au Whisky à Gogo, tous sauf la voix de la raison : le Boss. Tout le monde rentre se coucher. Une fois arrivés, le Boss reste seul au salon, je vais lui tenir compagnie. Il réfléchit à sa journée de demain. Qui va travailler avec qui et qui fera quoi ? Après on discute une petite heure ensemble, je lui raconte ma soirée, il me dit que c'est une chance d'aller travailler aux States, que c'est un moyen pour moi de gagner beaucoup d'argent, etc. Je lui réponds que je suis bien ici, que je préfère rester en France. Puis, si je pars, je n'aurai plus la chance de le voir. Ce qui clôt notre discussion. Chacun de nous regagne sa chambre respective.

J'ai du mal à m'endormir, je pense à mon avenir. Quand je serai revenue sur Paris, il faudra que je trouve une maison. En venant à Cannes, j'ai tout quitté. Où pourrais-je bien aller ? J'ai quelques potes sur Pigalle, j'irai là-bas.

C'est notre dernière journée. Je suis en train de me faire maquiller quand deux Américains viennent me chercher. Hier soir, j'ai promis au Boss de lui faire une scène, j'ai oublié que je devais encore travailler pour eux. Avec la make-up, on leur raconte un pipeau, je n'ai pas envie de partir. Ils comprennent. Je m'excuse. Le Big Boss est content. Sur ce tournage, je suis la seule à être venue avec lui et à être encore là. Les autres se sont crues trop importantes et l'ont planté dès le début. Il y en a une qui a trouvé une excuse toute faite : sous prétexte qu'une des filles qui nous accompagnent nous a volé de l'argent, elle s'est mise à manquer de respect au Big Boss. Il l'a virée de la villa sur-le-champ. Je n'étais pas là lorsque cela s'est produit et, à mon retour, je la vois en train de faire ses valises, je lui demande ce qui se passe, elle me dit que le Boss a décidé qu'on devait partir par nos propres moyens. Je suis malheureuse, il est la personne la plus importante pour moi.

Je fais comme elle, je prépare ma valise. Lorsque je descends, il me regarde et me lance :

— T'es comme cette pute, tu me plantes, je ne croyais pas que t'étais comme ça.

Je ne comprends rien, je lui dis :

— Elle m'a dit que tu nous jetais d'ici, alors je fais ma valise.

Il me dit que je ne suis pas concernée, j'en suis soulagée. Je remonte ma valise en pestant contre elle. Elle me regarde la défaire :

— Qu'est-ce que tu fais ? me dit-elle.

Je lui réponds net :

— Va te faire foutre connasse, t'as voulu casser notre amitié. Ne me parle plus.

Je suis loin de me douter que plus tard, elle m'arnaquera. Enfin, nous filons dans une villa en construction. Il y a deux hardeurs et moi. La scène commence bien. Mais un des acteurs a un peu trop fait la fête hier soir, il n'y arrive pas. Il s'énerve et c'est moi qui prends tout sur la gueule. Après une heure de perdue, le Boss s'énerve. Il prend encore ma défense. L'autre me traite de salope à Ricains, la goutte d'eau qui fait déborder le vase. Je commence à l'insulter. Je lui en donne pour son argent. Sur ce, le Boss saisit une grosse pierre et lui demande instamment de fermer sa gueule. Il ne le supporte plus. Il faut finir la scène. On fait tous semblant de rien. C'est dur de garder le sourire dans cette situation. On y arrive quand même. J'ai une autre scénette l'après-midi, une pipe sur un catamaran. Et dire que j'ai le mal de mer. Tout se passe très vite et bien. La scène terminée, le Boss vient me donner de l'argent pour mon travail de la semaine. Restée sur l'échec du matin, je refuse. Je veux lui montrer que je ne suis pas comme les autres, qu'il peut compter sur moi. De toute façon, j'estime ne pas mériter cet argent. De tout mon séjour, je n'ai raté aucune scène sauf la sienne. Il insiste encore deux fois puis il laisse tomber. Il sait que je ne le prendrai pas, cet argent. Il me fait un gros bisou et me remercie. J'adore qu'il m'adore. Ce soir, on dîne dans un resto hyper chic de Cannes, sur la Croisette. Lui part avec son acteur fétiche du moment au casino, nous on va se coucher. Demain, c'est le départ.

Nous arrivons sur Paris, il est 22 heures. Nous allons direct chez le Big Boss, c'est l'anniversaire de sa femme, elle a préparé un repas à notre intention.

Pendant le repas, on se raconte nos anecdotes de Cannes, notamment celles concernant Lolo Ferrarri, c'est un personnage qui nous a tous marqués. Elle est dotée d'une agressivité qui cache tant de détresse. Je ne sais pas si je dois éprouver de la pitié ou le contraire. Je me souviens que, sur la Croisette, on marchait très loin d'elle. Une petite mémé lui a demandé pourquoi elle avait fait un usage si excessif de la chirurgie esthétique : « Comment vous en êtes arrivée là ? » lui a-t-elle lancé. Elle l'a envoyée promener sans ménagement. Je n'apprécie pas ce manque de respect envers nos aïeules. Rien que pour ça, je ne l'aime pas. Sur le tournage, elle faisait chier tout le monde avec ses médicaments (elle en prenait toutes les cinq minutes), c'était une stressée de la vie. En tout cas, elle fait une belle promo pour le film, c'est la seule scène hard qu'elle ait acceptée dans sa carrière, paraît-il[1]. Pour en

1. Il s'agit de *Le King de ces dames,* de Gabriel Pontello.

revenir à notre soirée, je fais la connaissance de la femme et des filles du Big Boss. Ces personnes inspirent la confiance. J'envie ce genre de famille modèle. Les papa et maman respectés de leurs enfants et respectueux les uns des autres. La famille dont on rêve. L'heure tourne, le chef-op me demande de venir dormir chez lui : demain il est sur un tournage et m'a proposé d'y travailler. Cela m'arrange car aller sur Pigalle à cette heure-ci avec l'argent que j'ai dans les poches, ce n'est pas très conseillé.

Nous nous levons tôt. Le rendez-vous est à Pavillons-sous-Bois dans le 93. Pas la porte à côté. Je fais la connaissance de Zabou, une fille hyper gentille et douce, et de Coralie[1], la comédienne que je remplace pour une histoire de grosseur de bite. J'ai plus discuté avec Coralie qu'avec Zabou. Coralie, habillée de noir, dont j'ai l'impression qu'elle sort tout droit d'une secte : elle est dans la mouvance gothique, « Batcave ». A Cannes, je me suis foutu un morceau d'éponge à cause des règles et jusqu'à ce jour, je l'ai encore en moi. Je n'ai jamais réussi à le retirer et j'en discute avec Coralie. Peut-être aurait-elle un truc, une astuce à me donner. Elle m'explique que c'est très dangereux, qu'il faut utiliser la méthode du lavement. En faisant entrer de la flotte dans mon vagin, je pourrai y accéder plus facilement et du même coup le récupérer. Je le fais immédiatement. Evidemment, il n'est plus question que je joue la scène,

1. Coralie Trinh Tri, qui deviendra la coréalisatrice de *Baise-moi*.

en tout cas vaginalement. Les garçons sont ravis de pouvoir m'enculer et moi, je n'y vois pas d'objection. A la fin du tournage, je me fais raccompagner par la maquilleuse dans un hôtel près de chez elle, je prends une chambre pour deux nuits, le temps de savoir où j'atterrirai après. Je passe une nuit de repos bien méritée. J'irai dès le lendemain voir un gynéco. A mon réveil, j'appelle mon proxo pour savoir s'il a quelque chose à me proposer, il me dit de passer le voir, j'irai dans l'après-midi. Je me prépare et je file chez le docteur. Elle m'examine, me donne des médicaments pour dix jours et me dit de ne pas avoir de rapports non protégés. J'acquiesce, prends l'ordonnance et je vais directement à la pharmacie.

De retour dans ma chambre, je passe un coup de fil à Mylène, la fille avec qui j'étais à Cannes, elle me dit qu'elle est dans la merde, l'assistante sociale sait qu'elle fait du porno, il lui faut 5 000 balles pour se payer un avocat, pour pas qu'on lui retire la garde de son fils. On se file rencard au métro Blanche où elle a trouvé à bosser dans un sex-shop. Je lui donne l'argent, elle me promet de me le rendre très vite et me propose de venir habiter chez elle pour un temps. Je lui dis que je suis d'accord. Après, je pars voir mon proxo à Danube. Il me propose un job, je ne peux pas avoir de rapports, je suis obligée de refuser. J'appelle le Big Boss, je lui explique ma situation, je lui dis que je serai joignable chez Mylène.

Deuxième nuit à l'hôtel, je prépare mes affaires pour ne pas perdre de temps. Mylène habite Saint-Denis, pas la porte à côté. Vais-je savoir y aller ? J'arrive là-bas, j'y dépose mes affaires et elle me propose d'aller à Châtelet se balader. Je n'en ai pas vraiment envie, je n'en dis rien. On a fait toutes les boutiques et, pour cette fois, j'estime avoir gaspillé de l'argent. On rentre se coucher, le téléphone nous réveille à 6 heures du matin. C'est le Big Boss. Il a besoin de moi dans trois jours, mais il ne veut pas de Mylène sur son tournage. Elle me dit qu'elle a besoin d'être seule pour la journée. Je prends une douche, bois un café et m'en vais. Je lui dis que je serai de retour vers 20 heures. Quand je rentre, comme prévu, elle ne m'ouvre pas la porte. J'insiste longuement pendant près d'une heure, toujours rien. J'attends, je me dis que peut-être elle n'est pas encore là. Il est pas très loin de 23 heures, je vois de la lumière dans son appartement. Cette salope m'a laissée dehors tout ce temps. Je tambourine comme une folle à sa porte. Qu'elle ne veuille pas de moi passe encore, mais pas question d'y laisser mes affaires. Vu le vacarme à cette heure de la nuit, elle est obligée de m'ouvrir, elle me traite de tarée, etc. Quand j'entre dans l'appartement, j'y vois son mec allongé, tout s'explique. Je prends ce qui m'appartient, toujours sans rien dire, et je pars. J'appelle un taxi et vais en direction de Pigalle. J'ai des « potes » là-bas, j'espère simplement qu'ils sont chez eux. J'ai de la chance, ils partent au moment où j'arrive. Ils me filent les clefs sans problème, je défais le clic-clac et m'endors très vite. J'aurai toute ma journée demain pour réfléchir, surtout à la façon dont elle m'a reçue après le service que je lui ai rendu.

Le lendemain, je la vois à son poste. Genre elle vient me parler et s'excuser pour hier soir. Je fais comme si rien ne s'était passé. Elle me demande si elle peut m'accompagner à mon rendez-vous au cas où le Boss voudrait bien d'elle. Je sais qu'il ne sera pas d'accord mais j'accepte en ayant au préalable prévenu le Boss de ce qui s'était passé. Direction Les Trois Obus, j'ai un pote qui nous y dépose. Je fais la connaissance de toutes les nouvelles recrues. Elles sont super sympa. Nous nous installons dans les voitures et direction le 77. Nous dînons là-bas et tout le monde va se coucher. Les premières journées de tournage se font sans pénétration à cause de mon petit ennui gynécologique. Tout s'enchaîne très bien jusqu'au jour où mes soucis sont terminés. Là, j'ai droit à une double pénétration. J'ai jamais fait ça de ma vie. J'ai peur, très peur. J'essaie de ne pas le montrer. Je me domine pour le Boss, je le lui dois bien, avec tout ce qu'il fait pour moi.

La scène commence. On est censés être des écoliers dans une cuisine en train de prendre le quatre-heures. Séquence on s'embrasse, séquence on se désape, et vas-y que je taille pipe sur pipe, pénétrations vaginale et anale. Jusque-là, tout était normal, mais la situation s'est corsée. Le Big Boss me demande une double pénétration traditionnelle : une devant une derrière. Dans ma carrière je l'ai fait deux fois. Cette première fois-là, pour faire plaisir au Big Boss. Une autre fois, parce que j'étais correctement payée.

Je considère ces scènes comme du vrai « hard », quelque chose que je ne comprends pas, que je ne ferais pas dans ma vie privée, exactement le genre de pratiques qui ne m'excitent pas du tout. D'autres filles ont eu pire. A commencer par la double pénétration vaginale, la double pénétration anale, puis les deux en même temps. Imaginez quatre types, nord-sud, est-ouest, et la fille en levrette, pouvant à peine respirer, en gros plan pendant deux minutes, le minimum exigé. Ça fait mal à voir, alors à recevoir, je ne l'imagine même pas. Je n'ai d'ailleurs jamais accepté. J'ai un sale caractère, on sait que quand c'est non, c'est non. On est donc tous les trois allongés sur une grande table de la cuisine. J'ai un garçon de chaque côté, pas moyen de s'esquiver. Le premier prend place dans mon vagin et le second s'efforce d'entrer dans mes fesses. Cela lui est très difficile et j'essaye de lui simplifier la tâche. Il y arrive finalement. Le Boss nous demande juste une minute dans cette position. Je suis partagée entre mon désir de lui donner ce qu'il veut et une grande faiblesse : je vois plein d'étoiles. Je sais que je ne vais pas tenir le coup. Ça n'a pas loupé, je suis tombée dans les pommes. Personne ne le remarque, le Boss me dit que c'est super, il me remercie. C'est aussi à ce moment que je reviens à moi. J'entends : On passe à l'éjac et bravo les enfants. L'éjac, c'est le moment que tout le monde préfère, ça veut dire que c'est terminé. Je finis la scène et vais me doucher.

Le lendemain, j'ai de la comédie et une scène avec une Allemande, elle s'appelle Michèle. Elle est belle et gentille. Le Boss dit qu'il va me faire un cadeau : je tournerai avec elle, je prendrai un gode et ce sera moi l'homme de l'histoire. Je suis hyper contente. Je vais pouvoir lui faire subir les mêmes choses que moi j'ai subies. Je vais me coucher avec un gros sourire aux lèvres. Je suis l'une des premières debout. Je suis prête à tourner — PAT comme on dit — à 9 heures, cela surprend tout le monde. J'ai déjà pris possession du gode. Je les ai essayés un à un afin de me rendre compte lequel m'irait le mieux. Les gens se lèvent petit à petit, j'attends impatiemment que tous soient prêts pour *ma* scène. On me demande, je prends la précaution d'aller voir Michèle munie de mon super-engin pour bien lui montrer que ce matin, c'est moi qui mène la danse. Elle est étonnée, elle ne sait pas si elle doit accepter ou refuser. Pour moi, elle n'est plus une femme mais un objet de convoitise et je lui dis : « T'as pas le choix ma vieille, tu vas y avoir droit. » Je sors de la pièce encore plus heureuse que lorsque j'y suis entrée. On nous attend sur le lieu de tournage. J'abandonne l'objet un moment, il ne doit pas être présent au début. On m'explique la scène — J'entre dans sa chambre, elle est en petite tenue et elle me demande de m'asseoir sur son lit, dit que ça tombe bien que je sois là, etc. Ensuite, elle sort un gode-ceinture d'un tiroir et me le propose, je le prends, le regarde et m'amuse avec. Tout ça me paraît très bien, mais avant d'en faire usage, je dois la toucher, l'embrasser et, le coup de grâce, la lécher. Je vais voir le prod, je lui dis que je ne tiens pas à la lécher, les garçons quand ils font une scène, ils ne lèchent pas, pourquoi moi je devrais le faire ? On me dit qu'il n'y a pas de problème, elle va me lécher, j'enquille direct, si j'ai un gode, pourquoi elle ne me taillerait pas une pipe tout simplement ? Le prod est d'accord, je me sens sauvée. La scène se fait telle qu'on l'a prévue lui et moi. Il n'y a qu'une chose dont je n'ai pas encore conscience : au final, ce n'est pas facile d'être un homme. On me fait prendre des positions que seul un athlète peut prendre. Pour tout arranger, la fille doit mesurer vingt centimètres de plus que moi, pas drôle de jouer au garçon. Cet après-midi, reste plus que la scène de comédie. Ça, c'est facile à tourner. Se mettre dans la peau d'une écolière qui boit un verre avec des potes et qui parle que de baise, vraiment cool. Après cette scène, repos jusqu'à demain.

Je vais voir le Big Boss. Il me demande où j'en suis dans ma recherche d'appartement, je n'ai toujours rien. Il me dit que demain il y aura une comédienne qui cherche justement quelqu'un pour cohabiter avec elle, il lui en touchera deux mots en se portant garant pour moi. Je lui fais une grosse bise et je le laisse à son travail.

L'ambiance du repas est toujours chaleureuse sur les tournages du Boss, on a l'impression d'être une grande famille, je m'y plais beaucoup. Certaines filles repartent sur Paris et d'autres arrivent. Généralement, les Françaises sont un peu cruches, mais dans le fond, elles n'en dégagent pas moins une grande sympathie. Ce jour-là, je me lie d'amitié avec deux d'entre elles,

Christa et Sonya. La première me dit qu'elle a deux enfants dont elle ne peut pas s'occuper et qu'elle a laissés dans la famille de son mari, et le refrain habituel : c'est par besoin d'argent qu'elle est là. L'autre a un fils et faut bien qu'elle le nourrisse. La plupart des filles ont ce problème, c'est pour ça qu'elles atterrissent dans ce métier. Ce qui me pousse à me poser cette question : pourquoi moi, je suis là ? Bien entendu, je ne trouve pas de raison : l'argent est la meilleure raison, mais ne peut pas être la seule en ce qui me concerne. Puis d'abord, les bonnes raisons...

La fille dont le Boss m'a parlé hier arrive. Elle avait passé deux jours dans notre villa à Cannes. Elle est gentille et mignonne. Elle accepte immédiatement de partager son appart avec moi. Je prends ses coordonnées, je l'appellerai dès que je serai rentrée sur Paris. Par contre, elle a un gros problème pour se débarrasser d'une fille à qui elle a fait la même proposition. Cette fille est celle qui a travaillé avec nous à Cannes, celle qui a trafiqué sa pièce d'identité. Je lui dis qu'une fois entrée dans son appart, je m'en occuperais. J'ai encore trois jours de taf, mais j'aurais bien aimé y aller sur-le-champ. Elle a visiblement confiance en moi. Moi, je ne serai plus SDF, c'est cool. Le tournage touche à sa fin, je retourne chez mes potes de Pigalle, passe encore une nuit dans leur bureau. Puis j'appelle la fille de l'appart. On se fixe rendez-vous vers 17 heures à une sortie de métro. Je visite l'appartement, il est grand et bien agencé. Le loyer est de 3 530 francs, divisible par deux.

Par contre, il a besoin d'un grand nettoyage. Non pas que la fille avec qui je vais vivre soit sale, mais la chambre que je dois occuper appartient à l'autre, Virginie, qui est d'un je-m'enfoutisme énorme. Pour elle, c'est plus un squat qu'une habitation. Ça me fait horreur. Tous ses clochards de potes drogués viennent, vident le frigidaire et repartent comme si cela leur était dû. Pas de respect pour le sommeil des autres. Dès le lendemain, je dis à ma coloc que je ne veux pas vivre dans ces conditions, que je prends les choses en main. Déjà, il faut régler une partie du loyer, j'estime que je dois avoir les clefs de la porte, pas l'autre. Ça me prend deux jours, mais je les obtiens. Elle travaille dans un peep-show tous les soirs. Elle téléphone à la maison, je décroche, dommage pour elle. A sa voix, elle paraît surprise de m'entendre. Je n'en ai pas l'air, mais je suis tout de même quelqu'un qui en impose. Beaucoup de personnes me respectent pour ça, c'est d'ailleurs plus souvent par crainte que pour autre chose. Je lui dis :

— A partir de maintenant, c'est moi qui habite ici, pas toi. Tes potes, je ne veux pas les voir. T'as une semaine pour dégager.

Je retourne à mon rangement et j'en fais des découvertes. Ecstas sous la moquette, ACC[1], shit. Dans ma tête, c'est la fête. Je saisis ma trouvaille, direction cuvette des chiottes. Puis le best, je trouve ses vrais papiers d'identité. Je constate qu'elle est vraiment mineure. Un point pour moi. Je les cache et j'attends qu'elle revienne. Ma coloc

1. Cocaïne.

rentre. Je lui raconte sur quoi je suis tombée en rangeant. J'ai l'impression de l'avoir poignardée. Elle n'en revient pas. Je lui dis que tout a fini dans les toilettes et qu'il faut absolument qu'elle m'aide à planquer ses papiers d'identité. Elle a peur, très peur. Je ne comprends pas pourquoi. En fait, elle craint les autres. Moi, je m'en fous royalement. Après tout, je risque quoi ? Il est tard, l'autre ne va pas tarder à rentrer. Je conseille à ma coloc de ne pas ouvrir la porte, il y a une chaîne, il n'y a donc aucune raison pour qu'elle entre. Je me suis endormie très vite. Quand, à 1 heure du matin, je suis réveillée par quelqu'un qui allume la lumière de ma chambre. C'est Virginie, et elle n'est pas seule, j'hallucine, comment a-t-elle fait ? Elle :

— Alors ? Comme ça tu veux jouer la grande au téléphone ?

Je me lève en deux secondes :

— Les clefs, tu les déposes avant de sortir, tes affaires sont prêtes et t'as une demi-heure pour dégager.

Je crois que ça l'a déstabilisée. Elle reprend :

— Je te vois bien sûre de toi, qu'est-ce que tu vas faire contre nous ?

— Contre vous ?

Et je me mets à rigoler, je suis partagée entre un sentiment de peur et un sentiment de puissance :

— Si dans une demi-heure, vous n'êtes pas partis, j'appelle les flics et si tu as besoin de tes papiers d'identité, tu les récupéreras demain, à condition d'être bien sage ce soir.

Elle se met à pleurer, j'ai gagné.

Aujourd'hui, je vais aller faire un tour du côté de Tif'[1], cela fait longtemps que je n'y ai pas mis les pieds. Je me prépare et une nouvelle vie commence. Dans l'après-midi, j'appellerai le Big Boss, juste histoire de. J'arrive dans le bureau du proxo, je vois un tas de nouvelles filles affublées, je suis étonnée, les affaires recommenceraient-elles à marcher ? Dans le lot, j'en connais deux et on tape la discute. Je fais en même temps connaissance des autres filles. Le proxo me propose un boulot, une semaine à Perpignan, un tournage bisexuel. Dans ma tête : why not ? Avec les filles, on échange nos coordonnées. Ce jour-là, je fais la connaissance de celle qui va devenir ma meilleure pote. Elle est black, jeune, jolie. A cette époque, je n'aime pas les Blacks et je crois qu'elle le ressent car je lui fais bien comprendre. Je rentre chez moi. J'appelle Jeff, le photographe pour qui je dois faire des photos. On se fixe rendez-vous pour le lendemain, tenues de travail et maquillage sont de rigueur. Encore un truc où je vais paraître cinq ans de moins. Christa m'appelle et me dit qu'elle

1. Tiffany Studio.

aimerait bien qu'on se voie en dehors des tournages. Je lui dis que demain je travaille et lui fixe rendez-vous dans deux jours. Elle sera accompagnée de la petite Black. Ça ne m'enchante pas spécialement mais en même temps je ne proteste pas. Ma coloc s'est barrée à la campagne avec ses parents, elles pourront dormir là. Puis je me dis que ça me donnera une occasion de faire le grand ménage de printemps.

Les photos s'enchaînent très vite, il a l'air de vraiment s'y connaître ce Jeff. Puis il est sympa, vraiment sympa. Je fais la connaissance d'un de ses hardeurs qui me veut aussi pour une autre séance photo. Je rentre chez moi satisfaite de ma journée mais fatiguée comme jamais. Je me couche et m'endors tout de suite. Les filles arriveront vers 14 heures, je vais faire quelques courses, un peu de rangement et je les attends. On se passe de la musique, on rigole, elles me demandent si elles peuvent dormir ici, je n'y vois pas d'inconvénient. Demain, on ira toutes voir le proxo. Les filles aimeraient bien qu'il leur trouve un peu de travail. Ce soir, on est supposées faire un petit truc pour Canal +. On se maquille, toutes en robe et hauts talons, on file sur Châtelet, c'est là qu'on a rendez-vous. Qu'est-ce qu'on se marre, Marie, la petite Black, entre en courant dans le métro, elle se casse la gueule, sa chaussure ne tient pas le coup, elle crie :

— Attendez-moi, retenez les portes, j'ai perdu mon talon, attendez-moi !

Toutes les personnes qui sont dans la rame

sont mortes de rire mais pas plus que nous. Elle essaye de revisser son talon, puis, talon dans la main, elle fait comme si de rien n'était. Moi, je porte une robe toute fine, j'étire mes bras et CRREEEEC, elle se découd sur tout le côté droit. Pas le temps de rentrer se changer, ils sont au rendez-vous. Comment va-t-on faire ? Marie avance avec son talon dans la main et moi avec ma robe décousue. Quel duo, j'vous jure ! Le truc sitôt tourné, on file dans la première boutique qu'on voit, nouvelle robe pour moi. Marie a pris le rythme, sa chaussure ne la dérange plus outre mesure. On rentre chez moi, on a bien ri.

Plus les jours passent, plus les filles squattent à la maison, ma coloc ne va pas tarder à rentrer de vacances et j'estime que, par respect pour elle, les filles ne doivent plus être là. D'autant plus que seule Marie nettoie, les autres s'en foutent grave, ça me soûle. Vu l'état dans lequel elles laissent l'appart, je ne veux même pas imaginer le leur. Mais quelque part, je sais qu'elles n'ont pas de tunes et ça me fait chier de les foutre dehors. Je leur dis simplement que lorsque ma coloc sera là, il faudra qu'elles rentrent chez elles. De toute façon, je dois partir une semaine à Perpignan, on se reverra à mon retour. On se fixe rendez-vous chez Tif dans l'après-midi sans qu'une heure soit définie. Quand j'arrive là-bas, surprise, la porte du bureau est fermée, il n'y a personne. Juste un mot, laissé par Marie :

Je suis passée vers midi, y avait la police, on m'a contrôlé mes papiers, ils l'ont embarqué et fermé la porte. C'était le bordel, j'ai rangé. Je repasserai demain vers 15 heures. Salut, MARIE.

Dans ma tête : putain la cassette, ma pièce d'identité, mes coordonnées ! Ils ont tout pris, je le sais quand je reçois chez moi une convocation. Ils veulent mon témoignage, mais pour quoi faire, je ne suis pas mineure, donc pas en effraction, qu'est-ce qu'ils me veulent ? J'espère qu'ils n'ont pas tout embarqué. Je prends mon courage à deux mains, retourne sur place et décide d'entrer dans cette pièce. Evidemment, je n'en ai pas les clefs, comment faire ? Défoncer la porte, pas d'autre solution en vue. J'attends que le bureau d'à côté ferme ses portes. Je reste dans la petite pièce qui n'est pas fermée et entreprends une fouille. Rien. Pas le choix, défoncer la porte, ce qui n'est pas facile, elle a quand même trois verrous. Au début, j'y vais gentiment, il est 17 heures, à cette heure-là, il faut y aller doucement. Voyant que la douceur ne m'aide pas, j'y vais franco. Je prends une grande respiration, un peu d'élan et me balance sur la porte, je l'ai traversée. Je suis à l'intérieur, fière de mon exploit, mais j'ai très peur qu'on m'ait entendue. Puis, je m'en fous, je fouille la pièce : tout a disparu, quelle poisse ! Je repars, j'y verrai plus clair demain, avec Marie, on sera deux à penser, ce sera plus facile.

Quand j'y retourne, plein de monde dans le bureau, les filles, un journaliste du porno, un petit producteur. On décide que je m'occuperai de tout, reprendre le flambeau en quelque sorte. Je suis pour. Je gère le standard, les filles. Les prods sont inquiets, il leur faut bosser, qui leur fournira des filles maintenant ? Eh bien ce sera moi. Je ne me rends pas compte que je deviens proxo à mon tour, je suis juste contente qu'on me file des responsabilités. Ça veut dire qu'on me fait confiance. Le téléphone sonne, un type bizarre me dit :

— A qui ai-je l'honneur ?

Putain, c'est un keuf, c'est sûr !

— Vous d'abord, dites-moi qui vous êtes.

— Je ne peux pas, mais barrez-vous, ici ça craint, il s'est fait embarquer pour pédophilie, vous allez tous vous faire serrer si vous restez là.

Je suis sur le cul, j'y crois pas. Comment ? Qu'est-ce que vous dites ? J'enclenche le haut-parleur pour que tout le monde entende.

— Oui, ils l'ont serré pour pédophilie, le téléphone doit être sur écoutes, vous devez quitter ce bureau tout de suite. Je vous rappellerai demain.

Il raccroche. On se demande s'il ne s'est pas foutu de notre gueule, il veut qu'on se tire et en même temps il veut rappeler demain. Bizarre, non ? Encore un coup de fil.

— Allô !

— Oui, bonjour, je vous appelle au sujet des filles qui sont censées descendre à Perpignan pour le tournage, vous en avez trouvé ?

Apparemment, eux ne sont pas au courant. Comme j'étais prévue et que je ne perds pas le nord, j'établis la liste de toutes les filles présentes dans le bureau. La dame m'explique qu'en fait, il ne leur en manque qu'une. Elle ne sait pas qui est Raphaella, mais c'est elle qu'ils ont choisie, je leur fais part de mon adresse, elle m'expédie mon billet de train à domicile. Je suis contente. Et une semaine de travail en plus, et une ! Je partirai dans trois jours.

Marie n'a pas envie de rentrer chez elle, je lui propose spontanément de venir chez moi. Elle accepte. Je l'apprécie de plus en plus cette petite, elle n'est pas comme les autres. Elle, elle a l'air sincère avec moi, pas profiteuse, elle se contente de ce qu'elle a. Je me dis que je dois être franche avec elle, elle doit savoir qu'au début je ne l'aimais pas à cause de sa couleur. Elle me rétorque qu'elle ne m'aimait pas non plus, elle pensait que parce que j'ai un appart et de l'argent, je me croyais au-dessus des autres. Peut-être a-t-elle raison. Elle m'a dit que les autres lui auraient dit de se méfier de moi. Je me demande pourquoi, mais je ne cherche pas vraiment de réponse, ce n'est pas important pour moi. Depuis, partout où je suis, Marie y est aussi. Je me prépare à partir dans le Sud. Que va faire Marie toute cette semaine ?

A Perpignan, je retrouve Flo et une autre Parisienne, MC, que nous prononçons à l'anglaise. En plus, il y a une Espagnole, Drüna, deux filles de Lyon, Lynda et Nathalie, une autre de Rennes, Laure, et plein de garçons, dont un, Rodolphe, qui me touche par sa gentillesse, puis évidemment le maître des lieux, Gérard, ancien boucher de profession, un type richissime et généreux qui s'est lancé dans le X pour le plaisir. L'équipe technique est pour la plupart américaine. Gérard a un hôtel à lui, avec piscine et jacuzzi, il y loge tout le monde pendant les tournages. Ma chambre, je la partage avec MC et Drüna, qu'on n'a pas gardée plus d'une nuit : elle est trop sale.

Première scène, je baise un mec, quelle entrée en matière ! Lynda n'est là que pour faire des scènes lesbiennes. Quand Drüna l'apprend, elle fait chier tout le monde pour ne plus tourner avec les garçons. Seul hic, personne ne veut travailler avec elle parce qu'elle est trop sale. Comme par hasard, elle est ma partenaire dans la prochaine scène. Je vais voir Gérard et lui dis que, puisque je dois travailler avec elle, je veux une comédienne supplémentaire. Sur cette scène, on va lui apprendre à se laver. Il trouve mon idée géniale. C'est l'heure de manger. Tout le monde s'est douché et on passe à table. On mange, on plaisante jusqu'à l'arrivée de Drüna. Elle se pointe avec plein de sperme sur la gueule. Croit-elle que c'est un masque de beauté ? Je me lève, quitte la table et, un à un, tout le monde s'en va, écœuré. A 15 heures, on tourne : je l'attache à un arbre, prends un tuyau d'arrosage, l'autre la savonne et moi je l'asperge de flotte. Une douche d'une demi-heure, elle n'a jamais été aussi propre de sa vie. Maintenant, elle peut travailler avec n'importe qui. La prochaine scène, je la ferai avec Nathalie et un autre garçon. Elle et moi jouons au billard, plaisantons sur la queue et les boules du jeu et le garçon arrive. Je ne le trouve pas beau et ce n'est pas un pro. Je ne vais pas me gêner pour le déstabiliser. Je ne veux pas qu'il me baise. Au début, il prend l'autre fille. Je n'arrête pas de le vanner, ça marche, il n'y arrive pas. Plus je le tanne, plus il s'énerve :

— Raphaella, excuse-moi mais tu ne me fais pas bander, alors tais-toi !

— Si tu y arrives pas, c'est ton problème, pas le mien, salut.

Je fais la pseudo-vexée, je quitte la scène super contente de ce que j'ai une fois de plus réussi à faire. C'est fin de journée pour tout le monde, à table. Gérard a adoré ma prestation :

— C'est bon, t'es une des rares que je connaisse à faire ce genre de trucs. J'aime bien.

— Si t'es content, je suis contente.

Le gars ne se pointe pas à table. Il est probablement vexé, ou alors il ne peut plus me voir en peinture. Peu importe, je me fiche de lui.

Après trois jours de tournage, Lynda se fait virer. L'après-midi, c'est Flo qui dégage, un problème de sociabilité et d'engagement. Le respect de sa parole compte beaucoup pour Gérard.

Dernier jour de tournage, deux des garçons m'attrapent et me jettent tout habillée dans la piscine, quels connards ! Je vais tourner un *Raphaella s'offre à toi*. Ce qui implique au moins cinq scènes avant le départ. Mais bon, elles ne durent pas plus d'une heure chacune. Le truc génial est que je ne suis pas obligée de me faire baiser toute la journée. J'ai le choix des scènes à faire, mais surtout des gens avec qui je dois les faire. 18 heures, signature du contrat et empochage de tunes.

A Paris, un journaliste italien me contacte par le biais de Christa. Il lui a proposé de partir à Turin pour faire un show érotique à deux. Je n'en ai pas envie, mais elle a besoin d'argent. Elle me rappelle que je leur ai promis à toutes de les aider à gagner des sous. Comment déroger à ma promesse ? Le départ est dans une semaine. Il faut impérativement monter le show avant, et bien entendu, acheter des vêtements en conséquence.

Je n'ai jamais fait de strip-tease de ma vie. Même si j'ai pratiqué la danse pendant cinq ans, je n'ai jamais appris à aguicher celui qui regarde. Madonna en fond musical. Sept chansons, ça fait au moins trente-cinq minutes. C'est long. D'abord, il faut déterminer l'ordre des musiques. *Like a prayer* pour entrer en matière,

La Isla Bonita pour enclencher le déshabillage. On ne doit surtout pas enlever la culotte et le soutif avant la fin. Il va falloir meubler pendant. Mais tout dépend de ce qu'on aura le droit de faire. Coup de fil à l'Italo :

— Andrea, c'est Raphaella...

— Bonjour, *come va, bella ?*

— Ça va, dis-moi, on peut faire quoi sur un spectacle ?

Il m'explique qu'on peut utiliser le public à n'importe quel moment. C'est une bonne échappatoire, mais pas question d'aller plus loin que le caleçon. Je n'en demande pas autant. Une fois le show monté, j'appelle deux copains à moi et nous nous exerçons sur eux. Ça plaît, nous partons confiantes. A Turin, à peine arrivée, je m'embrouille avec le boss de la boîte. On vient de se taper une journée de train et lui veut qu'on monte sur scène. Il appelle Andrea et me le passe :

— Ecoute, je suis fatiguée, pas question que je travaille ce soir.

— Si tu le fais pas, il va te virer.

— Pas de problème, je reprends le train tout de suite.

— Non fais pas ça, passe-le-moi.

Ils discutent tous les deux. Il est 17 heures. Le calme revenu, il me demande si vers 21 h 30 je serais disposée à passer un quart d'heure. Je suis d'accord mais d'abord, je veux aller me doucher. Après, je veux manger quelque chose. On se serre la main et il nous emmène à l'hôtel. Christa hallucine, elle me dit que je suis folle. Folle peut-être, mais en tout cas, ça marche. Au restaurant, je sympathise avec le patron de la boîte. Je découvre que c'est un monsieur malheureux et gentil. Il possède un cinéma en plein air et me propose d'aller voir *Les Visiteurs* en version italienne. J'accepte, nous devenons copains. Notre heure de passage arrive. J'ai un trac fou mais il faut y aller. Je fais le vide et me lance. Le patron nous présente :

— *Per la prima volta in Italia, due Francese...*

« *Life is a mistery, every one must stand alone, I hear you call my name and it feels like home.* » Nous entrons en scène. Le public se met à applaudir, crier, nous encourage. On ne s'est pas plantées une seule fois du début à la fin. Il y en a même un qui est monté avec nous, il a éjaculé dans son caleçon. Deux grosses chiennes. Le porno, ça aide. Le dernier soir, nous avons fait don de nos sous-vêtements au public.

A Paris, je contacte Marie, elle me dit qu'elle en a marre de son mec, elle en fréquente un autre. Je la fais venir chez moi. Je n'aime pas les gens qui trompent. Pour moi, ce genre de vie n'est pas normal. Si t'aimes pas quelqu'un, tu le quittes c'est tout. Marie, elle, vit chez lui. Elle a quitté le domicile familial pour « atteinte à sa liberté », et maintenant, elle dépend de lui. Nous partons trois jours travailler pour le Big Boss. Peut-être qu'après elle prendra une décision plus juste. Le nouveau type qu'elle fréquente n'est là que pour le côté cul, après, elle, il s'en fout grave. Rentrée sur Paris, elle décide de rester avec son mec.

La vie suit son cours. Déjà au mois d'octobre, le Big Boss nous propose de faire un salon érotique avec lui. Ce sera dans une semaine. En attendant, j'ai deux jobs en vue. Des photos à faire avec Jeff et le hardeur qui m'a proposé de travailler pour lui il y a quelques mois. Je commence par les photos avec Guy. Ça va, il est cool. Chez Jeff, j'ai un peu de mal, mais les mecs n'assurent pas plus que moi. On finit vers minuit. J'ai plus de cigarettes. Je fais un tour à la gare de l'Est, au cas où les relais H seraient ouverts. Fermés. Je sors de la gare, je piste les tabacs. Tous fermés. Si j'ai pas de clopes, je ne pourrai pas dormir. Il m'en faut. Direction Strasbourg-Saint-Denis, là il y a un tabac ouvert. Deux paquets de Philip Morris marron. Je suis contente et soulagée. Reste à trouver un taxi pour rentrer. Là, deux mecs m'accostent. Je suis placardée en grand sur la plupart des portes des sex-shops :

— Hé, c'est toi la meuf là ?

— Et après ?

L'un des deux se tire, l'autre ne me lâche pas. Style il veut faire la conversation. Il me propose d'aller boire un verre. Je refuse. Une voiture s'arrête. En deux secondes, je me retrouve à l'intérieur. J'y crois pas, ils m'ont embarquée. Dans la voiture, ils font genre rien de mal ne va m'arriver. Pour me rassurer, ils me montrent leurs papiers d'identité. Ils me racontent qu'ils ont une permission, qu'ils sont à l'armée et qu'ils aimeraient bien avoir des copines. Je fais celle qui ne s'inquiète pas. Je suis très calme. Je leur dis que c'est pas une manière de se faire des copines de les embarquer de force. L'un me dit qu'il repart demain matin, qu'il doit récupérer son sac de voyage chez lui, après on ira boire un verre et ils me déposeront chez moi. Carrément ! Il décide de mon emploi du temps ! Je lui dis que je n'ai pas envie, que je suis fatiguée et que je veux rentrer. Il me dit à nouveau qu'il récupère ses affaires et qu'ils me ramèneront. De toute façon, je suis coincée dans la voiture, je n'ai pas le choix. On s'arrête rue des Pommiers, au Pré-Saint-Gervais. Ils descendent tous les deux et discutent. Je veux partir. Lorsqu'ils me voient descendre de la voiture, l'un me rattrape, l'autre ouvre la porte d'une maison. Il m'entraîne dedans. C'est une maison abandonnée. Il y a plein de bouteilles d'alcool :

— Maintenant, tu vas le boire, ce coup.

— J'ai pas envie, fils de pute !

— Tu veux jouer la grande, si tu veux je peux te tuer connasse !

— Ben ouais, c'est ça, tue-moi !

L'autre tente tout de même de le dissuader. Au final, c'est lui qui me prend le premier. L'autre s'impatiente.

— Bon vas-y, grouille-toi, t'as deux minutes et je te jette.

L'autre me sourit tout en me prenant. Il empeste l'alcool. Je le laisse faire, je ne dis rien. L'autre :

— Oh, c'est bon, oh, je vais jouir !

Vas-y, jouis connard. Il n'a pas le temps, son pote le vire et prend la place. Il veut que je le suce :

— Tu sais quoi, tue-moi, c'est mieux. Tu vas regretter ce que tu me fais, enculé de ta race !

— Dis-moi que tu m'aimes.

— Va te faire foutre, j't'aime pas !

— J'aime bien les sauvages.

Ça me calme direct. Plus je lui parle, plus ça l'excite. J'ai peur — et s'il me tue vraiment ? — mais je ne pleure pas. Je fais comme si je tournais une scène. Dans les films, même si on n'aime pas les gens, on bosse quand même. Ça aide. Cet enculé n'a pas envie de jouir. En plus, il sait se contrôler. Je suis la combien à son tableau de chasse ? Ces deux connards n'utilisent même pas de capotes. Je le prends pour un avantage, je lui lance :

— Comme tu sais, je suis actrice de porno, je fais rarement usage de capotes, tu flambes là, mais peut-être que je balade la mort en moi. Le sida, tu connais ? Tu parles de me tuer, t'es peut-être déjà mort.

C'est gagné, je l'ai refroidi. Je me lève, je peux partir. L'autre :

— Je peux te payer si tu veux.

Je souris et je pars. Je cours. Pas loin, il y a une station de taxi, je fouille mon portefeuille, plus de tunes. Non contents de m'avoir violée, ces bâtards m'ont volé mon argent, plus de carte bleue non plus. Chercher un métro, pas d'autre solution. J'ai même pas un franc pour me payer un putain de ticket. Frauder, plus que ça à faire. Et merde, il n'est que 4 heures du matin ! Pas question de traîner ici, j'ai plus qu'à marcher. Pourquoi j'habite si loin ?

Vers 7 heures, j'arrive chez moi. Je me lave, je me lave, je me lave. Je pleure, je me lave. Je suis fatiguée et je n'arrive pas à dormir. 10 heures, j'appelle le 17 :

— Bonjour, je voudrais déclarer un viol, comment je dois faire ?

— Faut vous déplacer, vous habitez où ?

— Montrouge.

— Allez au commissariat de Montrouge.

Je pars tout de suite. Il est où le commissariat dans cette ville ? Je marche, je marche. Je le trouve, j'entre. Comment leur dire ? A l'accueil :

— Bonjour, je voudrais déclarer un viol.

— Un quoi ?

— Un viol j'ai dit.

Je ne veux pas que ça s'entende et lui il crie. On me fait attendre. J'attends plus d'une demi-heure. Ils n'ont même pas d'égards pour les victimes d'agression. Après, on me présente un inspecteur qui me fait monter dans un bureau. J'ai l'étrange sentiment d'être l'inculpée. Je raconte mon histoire, il ne m'interrompt pas. Il me fait signer le procès-verbal et me dit de rentrer chez moi, ils me rappelleront. Ils se foutent vraiment de la gueule des gens. Mon histoire ne les intéresse même pas. Pourquoi je suis venue les voir ?

Je retourne à la maison, j'appelle Marie. Je l'attends et je pleure. Quand elle arrive, je lui raconte l'histoire. Elle m'emmène faire un tour avec elle. On boit des verres, toujours pas d'alcool, je n'aime pas ça. Elle dit que je devrais, mais je refuse. 17 heures, nous rentrons à la maison. J'ai un message sur le répondeur, c'est les flics de Mairie des Lilas : « Mademoiselle, vous êtes priée de nous rappeler au commissariat d'urgence. » Les flics de Montrouge leur ont passé la main. Je rappelle :

— Bonsoir, je souhaiterais parler à Mme... Elle m'a demandé de l'appeler.

— Ne quittez pas.

— Allô, mademoiselle, il faut que je vous voie maintenant, on doit parler vous et moi.

Elle me donne rendez-vous à la sortie de métro Mairie des Lilas dans une heure. Marie m'accompagne. Quand elle arrive, elle me dit de monter dans sa voiture, mais seule. Marie comprend, elle s'en va. Au commissariat, j'ai droit à un interrogatoire pur et dur. A se demander si c'est pas moi qui ai commis une faute. L'heure tourne et ils ne me croient toujours pas. Qu'est-ce qu'ils ont à être comme ça ? Pourtant ce matin, j'ai donné les noms des personnes que j'accusais, est-ce qu'au moins ils ont vérifié ça ?

— Attendez, ça fait deux heures que vous me prenez la tête. Ce matin, j'ai donné deux noms, ça vous suffit pas ? Au lieu de me faire chier, vous pouvez pas faire votre travail ?

— Comment ça, vous avez donné deux

noms ? Nous ne sommes pas au courant, sur le procès-verbal ce n'est pas noté.

— C'est pas noté mais je l'ai dit, j'ai donné la ville où ça s'est passé, la rue, l'endroit. Qu'est-ce qu'il vous faut de plus ?

Ils me demandent de recommencer comme ce matin et dans le moindre détail, ce que j'ai fait avant, ce que j'ai fait après, qui j'ai vu, à qui j'ai parlé. Comment j'étais habillée, où étaient les vêtements que je portais à ce moment-là, etc. Une vraie prise de tête mais eux, au moins, ils s'intéressent à mon histoire. Je suis soulagée de voir qu'ils me croient. Ils me font signer, me raccompagnent chez moi. Ils me demandent de leur donner les vêtements en question. Ils serviront de pièces à conviction s'il y a un procès. Je n'ai pas pu les aguicher avec des grosses bottes, un pantalon large et un gros pull.

10 heures, le téléphone sonne. Ce sont les inspecteurs. Ils ont eu les mecs, ils veulent faire une confrontation. Ils ont aussi trouvé la maison. Il faut procéder à une reconstitution. On commence par ça. D'abord le chemin qu'on a pris. Le café Surcouf qui amène tout droit à la maison.

On entre :

— Par où êtes-vous passés, par là ?

Il veut m'induire en erreur, mais non.

— Non, par là.

Et je les mène à l'endroit où ça s'est passé. Miracle, sur les lieux, il y a une jupe qui m'appartient. Quand ils ont volé mon argent, ils ont été obligés de fouiller mon sac pour le trouver, ils en ont fait tomber ma jupe. Je la ramasse :

— Touche pas à ça ! C'est une pièce à conviction.

— C'est ma jupe, elle m'appartient.

Il la ramasse. Il dit que quelqu'un a chié un étage plus haut. Croit-il que c'est moi ? Il me montre. Je ne sais pas quoi lui dire, je redescends. De là, il aperçoit quelques gamins qui jouent devant la maison. Il leur demande :

— Avez-vous vu des préservatifs par terre ?

Je le regarde, inquiète :

— Je vous ai dit qu'ils n'en avaient pas utilisé.

— Eux disent que oui et qu'ils les ont jetés par la fenêtre.

— Vous pensez peut-être que j'ai couché volontairement avec eux et que je le regrette alors je porte plainte ?

— On suit toutes les pistes possibles.

— Ouais. En fait, en France, mieux vaut être coupable que victime, ça donne meilleure conscience. Si je vous emmerde, dites-le-moi.

— On retourne au commissariat pour les confrontations.

Le premier récuse tout en bloc. Genre c'est moi qui lui aurais présenté mes fesses. Je comprends mieux leur « toutes les pistes possibles ». Ils les ont déjà interrogés, forcément ils nient. On fait une pause-cigarette le temps que le deuxième arrive. Un inspecteur :

— Lui semble plus accessible. Dites-moi mademoiselle, j'en ai vu des victimes de viols dans ma carrière, pourquoi vous ne pleurez pas ? Elles pleurent toutes en général.

— Pourquoi, si je pleurais, vous me croiriez plus ?

— Ne le prenez pas mal, c'est une question. Moi, si ma fille ou ma femme se faisaient violer, je serais le premier à pleurer.

— Encore faudrait-il que vous puissiez les croire.

L'accusé arrive à ce moment-là. Première question :

— Vous la connaissez ?

— Non.

— Vous ne vous êtes jamais rencontrés ?

— Non.

— Vous, mademoiselle, vous le connaissez ?

— Oui, on s'est rencontrés. Il m'a violée avec son copain.

— Vous ne la connaissez toujours pas ?

— Si, je l'ai vue en photo sur les sex-shops à Saint-Denis.

— Et alors, vous l'avez bien rencontrée ?

— Monsieur, si je vous dis tout, il faut me protéger, l'autre il est fou, il va me tuer. Il a une grande famille, il va me tuer.

— Il ne vous tuera pas, vous irez tous les deux en prison.

Plus on avance, plus j'ai envie de pleurer. Tout ce que j'ai dit corrobore ce qu'il raconte. Je sors de la pièce. La pire des choses, quand ça vous arrive, c'est que les autres ne vous croient pas. On me met dans un autre bureau. Là, un simple flic, une femme, s'adresse à moi :

— Ils vont payer. Pleurez mademoiselle, ça fait du bien. Vous lui avez bien répondu à l'inspecteur tout à l'heure. Mais c'est vrai que pleurer ça offre beaucoup plus de crédibilité. Moi, ça ne m'est jamais arrivé. Je touche du bois, mais si ça m'arrivait, peut-être que je ne pleurerais pas non plus.

— Je ne crois pas qu'en pleurant, ça m'enlèvera le mal. Ce que j'ai subi, je vivrai avec toute ma vie.

— On peut y retourner mademoiselle, il faut finir tant qu'il est chaud.

On nous fait signer les procès-verbaux. Une confrontation aura lieu dans l'après-midi entre les deux copains. Moi, je rentre chez moi, Marie m'attend. Demain débute le « Salon Erotica ». Le Big Boss vient nous chercher pour midi. Dois-je vraiment y aller ? J'ai besoin de me reposer. En même temps, je dois continuer à vivre et gagner ma vie.

Depuis quelque temps, ma relation avec ma colocataire s'est dégradée. Elle a pris pratiquement tout ce qu'il y avait dans l'appartement, jusqu'au téléphone. Avec Marie on en rigole, quand le Big Boss nous appelle. Il ne reste plus que le répondeur, et lui qui laisse un message :

— Les filles, il est 11 heures, faut émerger, je passe dans vingt minutes, allez, réveillez-vous ! On va être en retard.

Je file une carte téléphonique à Marie pour qu'elle lui explique qu'on n'a plus de téléphone à la maison, seulement un répondeur, qu'on est prêtes et qu'on l'attend. Elle me dit que ça l'a fait rire notre histoire. Est-ce qu'il doit savoir ce qui m'est arrivé ? J'attendrai ce soir pour lui en parler.

Au salon, on se connaît pratiquement tous, il

y a un côté familial. Ça me fait beaucoup de bien, je retrouve un peu le moral. En plus, je rencontre plein de personnes que je vois énormément dans la presse. Je suis du style à être fan d'eux. J'achète ma première bouteille d'alcool, du champagne. Je trinque avec tout le monde. A la fin de la journée, je dois en être à ma dixième bouteille. Je suis archi-ivre, je rigole, je rigole. On se croirait à une fête d'étudiants. Les gens m'apprécient, ou alors c'est le champagne qui me fait penser ça. Le Big Boss dit qu'on a bien travaillé. Tu m'étonnes, Marie et moi avons passé la journée en porte-jarretelles, string et talons hauts rehaussés d'un tee-shirt coupé jusqu'à la poitrine. On a dû être les attractions du salon avec strip-tease à gogo. Il nous demande où nous voulons aller manger. Je réponds au Planet Hollywood. Là, nous discutons de mon problème avec ma coloc. Il a l'air de ne pas croire qu'elle a tout pris. Il pense qu'on dormait vraiment quand il nous a appelées. Je l'invite à monter à la maison. Il est d'accord et me dit que si c'est comme ça, il me trouvera autre chose. En attendant, je viendrai sur tous ses tournages. Ça me fera de l'argent à gagner et un endroit où dormir. Je pense que ce n'est pas le moment de lui parler de mon autre problème. Il règle l'addition, paye nos prestations de la journée, et nous filons chez moi. Quand il entre, on a l'impression qu'il se prend une claque en pleine figure. Il nous dit qu'on ne peut pas vivre comme ça. Avec Marie, on dort sur un drap à même le sol. Même mon matelas elle l'a embarqué.

— T'es toujours en train d'entretenir les autres, c'est bien fait pour toi, Raphaella. Ta tune, je t'ai déjà dit de la garder pour toi. D'où elle va te payer quelque chose, cette connasse. Les gens, quand ils ont des sous, ils les mettent à la banque, toi tu nourris des sales putes. Tu me déçois, je te croyais plus intelligente.

Il nous propose une chambre d'hôtel, on décline son offre. Il insiste mais on continue de refuser. Il en fait suffisamment pour nous. Heureusement qu'il est là. Sur ce, il rentre chez lui. Même heure, même endroit demain. La porte se ferme :

— On aurait dû accepter, y a pas de cafetière pour demain matin.

Elle est revenue aujourd'hui, elle a embarqué la vaisselle, la cafetière et le frigo.

— Cette pute a été jusqu'à nous voler ma putain de bouffe. J'ai envie de la tuer.

Il va falloir que ça change. Je m'en occuperai à la fin de la semaine. Et dire que je continue à payer le loyer parce que sinon ça va foutre sa mère qui est garante dans la merde. Elle a de la chance que j'aie autre chose à penser en ce moment.

J'ai appelé un pote, Philippe, il va nous rejoindre au salon. Je l'ai rencontré il y a deux mois sur un tournage, c'était sa première scène. Plus tard, Philippe ce sera une amitié naissante qui tourne court : il fait partie de ces gens prêts à tout pour réussir.

Quand on arrive au salon, il y a des Drag Queens partout. Le Big Boss dit à Philippe de se déguiser lui aussi. Il s'exécute. On lui fout une robe en latex, des hauts talons de couleurs différentes. Je l'embarque dans les chiottes pour un ravalement de façade. Je sais qu'il a la possibilité de me procurer un faux bail. Il accepte. De là, je mettrai l'électricité et le téléphone à mon nom. La semaine passe vite. J'ai fait de bonnes rencontres, dont une qui deviendra une grande amie au fil du temps. C'est Miss Erotica, indétrônable depuis quelques années. Elle le mérite d'ailleurs, ce qu'elle fait est vraiment beau. C'est étrange la vie, les gens bien galèrent toujours pour s'en sortir, pas les autres.

Je passe la semaine à boire et à faire des rencontres. On est déjà le week-end. Chez moi, c'est plus vivable. Philippe menace de me balancer auprès de l'EDF et de France Telecom au sujet des faux papiers parce que je ne veux plus le voir chez moi. Je lui dis qu'il n'a qu'à le faire, que je m'en fous. J'ai un message du TGI de Bobigny sur le répondeur. Je les rappelle tout de suite. On me donne rendez-vous mercredi à 15 heures. Marie est avec moi à la maison. Il est 10 heures. Ma coloc veut rentrer. Elle est avec son petit ami, un vrai connard. La chaîne l'en empêche. Elle s'énerve mais elle n'a pas le choix, elle repart. Dans l'après-midi, elle revient. Comme je ne suis toujours pas disposée à la laisser entrer, elle appelle les flics. Pas de bol, j'ai les factures de l'appart à mon nom, je suis dans mon droit. Les flics :

— Mademoiselle, elle veut juste récupérer ses affaires, laissez-la entrer.

J'ai entassé toutes ses affaires dans des sacs poubelles que je lui remets. Elle ne rentrera pas.

Les flics, eux, insistent pour entrer. Je leur explique qu'elle a volé tous mes biens, que je vis comme une clocharde, seul un drap me sert de matelas, il n'est pas question qu'elle entre. Ils la renvoient et eux entrent. Ils constatent et me demandent si je souhaite porter plainte. Je leur fais non de la tête et ils repartent.

Marie hallucine, elle me dit que je suis carrément gonflée. Elle est épatée. La mère de ma coloc m'appelle :

— Ecoutez, mademoiselle, je ne sais pas quel genre de conflit vous avez avec ma fille, mais la machine à laver qui est dans l'appartement m'appartient et je souhaiterais la récupérer, s'il vous plaît. Y a-t-il un moment qui vous convienne pour que je passe la prendre ?

J'ai trop bon cœur et si ce genre d'histoire arrivait à ma mère, j'aimerais que la personne lui rende ce qui lui appartient :

— Bon, passez à 19 heures, vous la récupérerez.

— Merci, à tout à l'heure.

— Oui, c'est ça.

Marie me dit que je ne devrais pas, après tout ce que m'a fait sa fille. Je ne réponds même pas et vais au Monop acheter une cafetière, un peu de vaisselle et à manger surtout. L'heure tourne, ni Marie ni moi n'avons fait quoi que ce soit de concret aujourd'hui. On s'est emmerdées. Moi, je ne mange même plus. Mon existence part en couilles. Faut-il vraiment continuer à vivre ? C'est bizarre. Quand il y a un problème, il y en a quatre qui suivent. Pourquoi ça m'arrive à moi, je ne fais jamais de bêtises ? Si on considère que le porno n'en est pas une. De toute façon, qui peut dire qu'il mérite d'être violé ? Les gens que je connais me répètent sans arrêt que je suis quelqu'un de bien, gentille, avec le cœur sur la main. Mais ça ne doit pas être si vrai que ça, vu ce que je vis. Ma vie, en vrai, c'est de la merde. Je me remets en question. Qu'est-ce que j'en ai fait jusqu'à présent ? Rien. Demain, je serai de nouveau à la rue. Jusqu'au dernier jour de ma vie, je devrai porter le poids d'avoir été violée. J'ai plus de famille sur qui compter. Qu'est-ce qu'il me reste ? L'idée que je suis seule à jamais. Pourquoi vouloir essayer d'exister quand même ? Dans ma vie, il n'y a personne, sauf Marie. Mais elle est aussi perdue que moi. Son père est mort, sa mère la harcèle, son mec la serre, lui pique sa tune, la frappe. La vie, c'est bidon. Tu te bats pour essayer de construire des choses. Au final, tu te détruis un peu plus.

Je suis au tribunal, j'ai pas de convocation, juste un rendez-vous donné par téléphone. Je suis là à 15 heures pile et j'attends jusqu'à 16 heures, style le juge est très occupé. J'ai envie de partir. Je suis dans une pièce parmi des inculpés et des victimes. Comme par hasard, ceux qui rigolent sont les coupables. Ils savent déjà qu'après leur passage devant le juge, ils sortiront avec un avertissement et rien d'autre. Toujours les mêmes qui gagnent. C'est mon tour. Je pénètre dans un bureau, il y a un juge, la greffière et un procureur. D'entrée, le procureur m'agresse. Nouvelle explication des faits. Je reste stoïque, pas question de s'énerver.

— Des victimes comme vous, nous n'en avons pas besoin en France.

— Victimes comme moi, ça veut dire quoi ? Parce que je fais du porno, je ne dois pas me plaindre d'être violée, je ne suis pas quelqu'un de convenable, vous vous foutez de ma gueule, vous êtes qui pour me juger ? J'ai fait du mal à qui, à vous peut-être ?

— Vous êtes le produit d'une mauvaise éducation. Quand on fait votre « boulot », on ne doit pas se plaindre.

— Mais pour qui tu te prends, connard ? C'est vrai, un violeur a plus de mérite qu'une pute, vous avez meilleure conscience si c'est moi qui deviens coupable. Mettre des sales races en prison, ça vous emmerde.

La juge :

— Mademoiselle, inutile de parler comme ça, reprenons calmement les faits.

— Quels faits ? Allez vous faire voir, je me tire et un grand merci à la justice française.

— Vous ne pouvez pas partir ainsi, le but du jeu, c'est de voir jusqu'où vous êtes prête à aller.

— Je ne suis plus prête à aller nulle part.

Le procureur :

— Nous procéderons à une confrontation avec les deux inculpés demain matin.

— Je l'ai déjà faite, je ne recommencerai pas. Salut grosse merde !

— Vous devez signer le procès-verbal, mademoiselle.

— Je ne signe rien du tout. Vos papiers en bonne et due forme, vous vous les carrez où je pense.

Je quitte le tribunal comme ça. Je veux rentrer chez moi, mais je n'ai plus de chez-moi. En tout cas, je n'ai plus rien qui ressemble à un chez-moi. Où pourrais-je bien aller maintenant ? J'appelle Marie, on se fixe rendez-vous à Gare de l'Est :

— Alors, ça a donné quoi le tribunal ?

— C'est moi la coupable parce que je fais du porno. C'est vraiment des fils de pute les gens là-dedans. Franchement, je te le souhaite pas, mais si un jour il t'arrive une galère, ne porte pas plainte, prends un fusil et fais-toi justice toute seule. On va boire un verre ?

— Ouais, on va où ?

— Je sais pas, on a qu'à marcher, on verra en chemin.

Philippe et moi nous sommes réconciliés, il passe nous prendre vers 13 heures car on va chercher une autre comédienne, Charly Sparks. Je porte une robe comme je l'avais prévu la veille, mais rien d'autre, même pas de culotte et la robe est ras la moule. Personne n'en sait rien. Au casting, John filme, il pose des questions : comment je m'appelle, quel âge j'ai, qu'est-ce que j'aime dans la vie et surtout dans le sexe. Je me prends au jeu. Je lui dis que je n'ai pas de culotte, il demande pourquoi. Je réponds que c'est parce que je suis une salope et que si dans la rue quelqu'un le voit, je me donnerai à lui. Il rigole, il croit mon histoire. Mais ce n'est pas vrai, je ne suis pas une salope, je veux juste conjurer le sort. Vêtue comme une racaille, je me suis fait violer, peut-être qu'en étant salope, ils ne m'agresseront pas. Quand on sort du bureau, Marie me dit que c'est suicidaire ce que je fais, qu'il ne faut pas que je réagisse comme ça. Elle voit que je ne suis plus la même, j'ai changé. J'ai envie d'aller boire un verre, Philippe est d'accord. Lui, il m'aime, mais moi, je ne peux pas. Je sors avec lui, ça s'arrête là. Il ne dit rien, il accepte. On dort et on se réveille ensemble, on bouge ensemble mais on ne couche pas.

Marie, Philippe et moi sommes pris pour le tournage, il devrait avoir lieu en Hongrie. On reçoit les scénarios. L'histoire se passerait à Rome, les orgies romaines du temps de Priape qui sera interprété par Roberto Malone, le mari de Zara White, deux stars de la profession. Il y aura Coralie. Elle jouera la vierge, et un type nommé Bruno SX jouera le rôle d'un puceau. Ce sera leur histoire à eux, leur dépucelage. Moi, j'interpréterai le rôle d'une ado salope, Marie, une esclave, et Philippe un bisexuel.

Au final, ça se passe en Belgique. Là, il y a plusieurs Hongroises. L'une d'elles est vraiment jolie. Trois autres filles françaises que je ne connais pas sont aussi de la partie. Katia et moi nous lions d'amitié. Puis, il y a le beau garçon qui m'a dépucelée chez le Big Boss. Lui ce sera Octave. Les mecs d'AB Production[1] font le making off du film. C'est chiant, chaque fois qu'il se passe un truc, ils filment. On s'en fait

1. A l'époque, AB Production faisait tout juste ses débuts dans le X : la boîte s'en était tenue jusque-là à des productions plus sages comme celles d'*Hélène et les garçons* ou de *Premier Baiser.*

vite des ennemis. Drüna viendra le dernier jour pour faire la scène finale.

Le tournage commence plutôt bien, tout le monde s'entend. On va tous au McDo bouffer un truc, on rigole, puis arrive le sujet de la drogue. Je suis contre à cent pour cent. Coralie n'est pas d'accord. Elle dit que c'est normal, que c'est bon, que c'est les autres qui en font quelque chose de malsain, etc. Ça me soûle. Rien que pour ça, je ne l'aime pas. Pour moi, ce qu'elle pense fait partie du fléau de la société. On n'a pas le droit de cautionner la drogue. Je dis à Marie que je veux retourner à l'hôtel. Je ne veux pas entendre de telles absurdités. Elle est de mon avis, on se casse. Je suis dégoûtée pour la journée.

Le tournage se déroule de nuit. Dans trois heures environ, nous irons manger. Après rebelote travail. Philippe et moi nous disputons. Je ne veux plus lui parler à cause de ses prestations : il me dit qu'il a trois enfants à nourrir, mais pour moi, rien ne justifie le fait de faire des scènes avec des hommes. Lui aussi me dégoûte. Je porte une veste très jolie d'après ce qu'en disent mes collègues. La Hongroise que je trouve mignonne la voudrait. Je lui dis que je lui en ferai cadeau quand on sera sur le lieu de tournage. Elle n'y croit pas trop. Sitôt arrivés, je lui file, elle ne sait pas quoi dire. Elle la prend, la serre dans ses bras et me dit qu'elle ne peut pas accepter. J'insiste, elle a l'air heureuse. Elle m'embrasse et s'empresse de l'essayer. Elle lui va mieux qu'à moi. Je file au maquillage. J'adore mon costume, un soutif et string en ferraille.

Mon rôle va être de me manger une claque par les deux puceaux. Avec Bruno, ça se passe bien. A croire qu'il a envie de me foutre une claque depuis le début. Coralie m'a gonflée. Elle est incapable de me foutre une gifle correctement. On recommence dix fois mais c'est jamais la bonne. Elle m'en a mis une dans le nez. Ça m'a donné mal au crâne immédiatement. J'en ai marre, je m'énerve, je deviens folle. John :

— Elle n'est pas bonne, on recommence. Ça va, Raphaella ?

— Non, j'en ai marre, elle me gonfle celle-là, elle n'est même pas foutue de mettre une gifle.

Coralie :

— Mais j'ai peur de te faire mal, j'ose pas, j'ai pas l'habitude de ce genre de trucs.

— Je te préviens John, c'est la dernière fois qu'on recommence, sinon, je saute dans la piscine.

J'en ai tellement marre que j'ai envie de pleurer. Je ne supporte plus rien, plus personne. Même Marie, je ne veux plus lui parler. Cette fois-ci, c'est la bonne, elle a réussi, enfin. J'ai un mal de tête terrible, ça tape fort à l'intérieur, je voudrais rentrer chez moi. Dans ces cas-là, j'ai envie de crier maman. Elle ne m'entendra même pas. Après ça, c'est Coralie qui fout la merde. Il est prévu que quatre garçons éjaculent sur elle. Un cinquième lui a craché dessus. Elle n'est pas contente. Je rigole : qu'est-ce qu'elle a à nous faire chier pour quelques gouttes en plus. Elle parle du non-respect des comédiennes, que ce milieu est pourri à cause de ça. Qu'est-ce qu'elle parle de respect dans cette profession, ça n'existe pas ! Elle boycotte la scène suivante, elle refuse de la faire. C'est la jolie Hongroise qui va la faire avec moi. Je dois nager dans la piscine, la rejoindre et lui cracher de l'eau sur le corps. On la fait parfaitement bien, puis Coralie change d'avis. Il me faut la recommencer avec elle. Décidément, celle-là va me faire chier jusqu'au bout. Je ne dis rien, je travaille.

Sur ce tournage, je rencontre Zara White. Ça m'excite de la voir. Elle me rappelle la série rose d'M6 *Joy*. Quand j'étais gosse, je la regardais en cachette. Je trouvais qu'elle avait beaucoup de courage de s'exposer comme ça. J'aurais aimé être comme elle à l'époque. Le tournage arrive à terme. John me rajoute 1 000 francs sur mon cachet pour me remercier. Entre-temps, on a eu droit à une dispute entre la maquilleuse et la scripte. Une histoire de seins refaits. On rentre sur Paris.

Pas de tournage en vue. Andrea le Rital me rappelle pour une proposition en Italie. Cette fois-ci, je dois y aller seule. Ça ne m'enchante pas plus que ça, mais faut bien gagner de l'argent. Je partirai la semaine prochaine. Il paraît que les Françaises font du zèle là-bas. Il voudrait que je rattrape le coup. Qu'est-ce que j'ai de plus qu'elles ? Il m'explique que les filles draguent le boss de la boîte et lui soutirent de l'argent via leurs fesses. Ce genre de gonzesses me dégoûte. Dans quel monde vivent-elles ? Comment peut-on avoir si peu d'estime de soi ? Je ne vaux pas mieux qu'elles, mais en tout cas, je n'écarte pas les jambes pour ça. C'est un pauvre vieux bonhomme malheureux qui paie pour avoir un peu de bonheur. Elles, elles en abusent. Mais pourquoi faire appel à moi ? Que pourrais-je bien y faire ? Rien, si ce n'est le conseiller. M'écoutera-t-il ? Et puis, je m'en fous, après tout, ce ne sont pas mes oignons.

Avec Marie, on a passé la semaine à se voir. J'ai laissé tomber Montrouge. Je suis rentrée chez papa. On ne s'entend pas vraiment, mais il dit que chez lui, c'est chez moi. Je n'ai plus trop envie de faire du porno.

Certains gars de la cité m'ont repérée dans *Hot Vidéo* et menacent de mettre des photos dans la boîte aux lettres, si je ne couche pas avec eux. Je les défie d'avoir le courage de le faire. Pendant quelque temps je travaillerai sur les marchés avec mon père.

Manu m'appelle et me dit qu'il a un plan avec le réalisateur Pierre Woodman, le number one du porno. Juste pour ça, je suis d'accord. Toutes les filles du milieu tueraient père et mère pour travailler avec lui. Moi, j'aurai cette chance, je suis heureuse. On se fixe rendez-vous. On se rencontre, on discute. Je lui parle du Big Boss. Il est réticent, le Big Boss et lui ne sont pas très copains. Il décide de faire une journée de travail, et si je travaille bien, j'irai avec lui à l'étranger. Il part dans deux jours. Je n'ai pas de passeport et pas d'adresse sur Paris. Donc, aucune chance de partir. Il propose 4 000 francs pour la journée, ça ne se refuse pas. Je travaillerai uniquement avec des garçons que je connais déjà. Cela va être facile. Ils n'ont pas une grosse bite. Je n'aurai pas de souci à me faire pour les doubles pénétrations, d'ailleurs il en veut deux. Sa femme est présente. Elle est jolie, sa femme. C'est une Russe. Elle s'appelle Tania Russof. En plus, pour ne rien gâcher, elle est d'une gentillesse. Je suis ravie qu'elle soit là. Tout se passe à merveille. Les make-up sont sympa, son équipe l'est aussi. Et puis lui, il a l'art de parler aux femmes. Fin de journée, l'heure de la paye. Il me file 5 000 balles. J'hallucine. En dépit de la réputation qu'il a, à savoir que l'ensemble du porno le déteste parce qu'il se prend pour le number one, il pense que si la fille est à l'aise pour bien bosser, elle mérite l'argent qu'il donne. C'est rare d'accorder une valeur financière à une fille dans ce milieu-là : d'habitude, elles sont payées au compte-gouttes, alors que les mecs, il suffit qu'ils en aient une qui tienne la route pour qu'on les rémunère généreusement. Dorénavant, je ne laisserai personne en dire du mal juste par jalousie.

Les jours passent, je n'ai plus spécialement envie de continuer. Marie a trouvé un CES à la RATP. Elle vit de plus en plus mal son histoire avec Manu. Elle dépend de lui, alors elle reste. On passe les trois quarts du temps ensemble. J'ai envie d'aller en boîte. Il y en a une très en vogue sur Montmartre, Le Palace. J'y vais ce soir. Pas question d'attendre devant, je fais un tour. Pas très loin, boulevard Poissonnière, une autre boîte, L'Entr'Acte, avec une enseigne : « Salon de thé ». C'est ici que je passerai ma soirée. Le videur me presse d'entrer. L'endroit est plein à craquer. Plafond bas, tapisserie rouge, plusieurs grands miroirs encadrent la salle. D'un côté une petite piste de danse, de l'autre, un salon plus calme. Je m'installe direct au bar : « Gin tonic, s'il vous plaît. » Au bout du cinquième, je jette un œil autour de moi. Soudain, deux crânes rasés que je vois danser sur la piste se retournent : c'est là que j'aperçois leurs formes. Ceux que je prenais pour des mecs sont des nanas. A la serveuse :

— Y a pas de garçons ici ?

Elle éclate de rire. Elle ne répond même pas et va voir les patronnes.

— T'es dans une boîte de filles, tu ne savais pas ?

— Non, mais c'est pas grave, un autre gin tonic s'il vous plaît.

Elle me sert et continue à rigoler. L'une des patronnes, Michelle, vient me voir et discute avec moi de sa boîte. Elle est rigolote, je l'aime tout de suite bien. Elle m'explique que dans la journée, le lieu fait office de salon de thé pour personnes âgées. Gin après gin, je finis la soirée par terre, la bouche dans la bouche d'une autre. Dès mon réveil, j'attaque au gin tonic. Je passe mes journées à boire et à m'emmerder. J'ai rendez-vous avec Marie cet après-midi. Je lui raconte ma soirée, elle rigole. Elle connaît l'endroit, elle y a été une fois. Je lui propose d'y aller ce soir. Elle est OK. En attendant, on va faire les boutiques, manger. Il est 22 heures, on décide d'aller voir un film. La boîte n'ouvre qu'à minuit, on a le temps d'ici là. On a passé une super-soirée. Ça change de mon quotidien. Plus penser à rien, oublier et vivre normalement tel un enfant qui a un nouveau jouet. Avec Michelle, on se fixe un rendez-vous vendredi soir pour dîner. Elle viendra avec sa copine, Laurence. J'irai avec Marie.

Le rendez-vous est au Planet Hollywood. La copine de Michelle ne parle pas beaucoup. Ça fait un contraste entre les deux filles. On passe commande. Laurence prend une bière. Ça me fait bizarre. Les seules personnes qui ont bu de la bière devant moi jusqu'à présent sont des hommes. Qu'est-ce que c'est que ces filles ? Puis la soirée avance, les verres aussi, je n'y prête plus trop attention. On parle du porno, de nos âges. On se raconte nos vies. Laurence dit qu'elle aime autant les garçons que les filles. Mais elle a une plus forte préférence pour les filles. Moi les garçons je ne connais que ça. Et si je me jetais à l'eau ? Mais je ne suis pas prête. On finit à L'Entr'Acte. Je sympathise avec l'une des serveuses, Barbara, qui me fait une proposition. Ça ne va pas plus loin que des bisous.

Toutes nos soirées se passent à L'Entr'Acte. Les jours défilent, il y a longtemps qu'on n'a pas mis les pieds sur un tournage. Je suis bien dans ce nouveau monde.

Un matin, je n'arrive plus à bouger. Impossible de me lever. Tout vient de mon ventre. Il gronde. J'ai de la fièvre. Je ne peux même pas boire un café. Je passe trois jours comme ça. Mes kilos fondent. Ça y est, j'ai le sida. Je suis pâle. Je me maudis. Marie ne cesse de me téléphoner. Je voudrais bien la voir, mais je ne peux pas bouger. Elle vient chez mon père. Elle m'aide à sortir. Je ne peux pas marcher. Mes jambes tremblent. Elle me soutient. Je marche comme une handicapée. Mon corps bloque à chacun de mes pas. Marie a très peur. Je lui dis :

— C'est fini.

— Mais non Rapha, on va voir un toubib, il va te dire ce qui se passe. Pleure pas Rapha, je t'ai jamais vue baisser les bras. Tu ne vas pas commencer maintenant. Viens, marche.

— Je ne peux pas Marie, j'ai trop mal.

J'ai perdu au moins sept kilos. L'air du dehors me fait du bien. On a beaucoup marché. J'ai envie de boire. On prend le train, le métro. On finit à Châtelet. Elle m'emmène au Banana Café. Il y a du jus de cerise, j'en prends un. On parle du médecin. Je ne veux pas y aller. J'ai peur de son diagnostic. Si c'est le sida, ma vie est terminée.

— Si t'as le sida, et si c'est pas ça ?

— Marie, quelle maladie te rend impotente, la jaunisse peut-être ?

— Tu dis des conneries, toutes sortes de maladies pourraient faire cet effet.

— Comme quoi ? La varicelle ?

— Tu pètes les plombs, Raphaella.

— Je pète rien du tout, je constate.

— Bon d'accord, t'as le sida. Y a des médicaments qui existent.

— Tu crois que je vais supporter cette maladie, pas du tout. Tu vois, j'ai choisi de faire du porno, eh ben maintenant, je le paie.

— Ouais, tu paies. Ça veut dire quoi ? Porno ou pas, tu seras pas la première. Ecoute, je suis là moi, je te laisserai pas tomber. Puis d'abord, t'as pas le sida. Moi, je t'emmène tout de suite dans un labo, on va faire le test.

— Je vais nulle part. Je rentre, tu me ramènes.

— Je peux pas, faut voir un médecin.

— Demain Marie.

— Demain, t'es sûre ?

— Je te le jure, demain j'irai.

Toute la nuit, j'ai réfléchi. On passe sa vie à courir après des choses et c'est le contraire qu'on obtient. Pourquoi le monde est si mal fait ? A 9 heures du matin, je suis dans un labo. Le médecin m'informe que d'autres MST peuvent tout aussi bien m'avoir rendue malade, que ce n'est pas forcément le sida :

— Je vous propose de faire les analyses nécessaires qui nous aideront à savoir exactement ce que vous avez. Vous voulez ?

— Oui, pourquoi pas.

Il fait des prélèvements vaginaux, analyses d'urine et plein d'autres trucs.

— Repassez vers 14 heures, j'aurai les résultats, si je peux me permettre, je vois que vous n'avez pas de médecin attitré, je peux vous en proposer un. Elle sera plus à même de vous expliquer votre problème.

— Oui, très bien.

Le médecin m'a redonné espoir. C'est vrai, ça n'est peut-être qu'un sale virus. 14 heures, je suis devant la porte du labo. Il a les résultats.

— C'est bien ce que je pensais, c'est une MST, allez vite voir ma collègue, elle vous attend. Elle va vous donner un traitement, ça partira vite. Faites attention à vous, mademoiselle, au revoir.

— Merci, au revoir.

J'arbore un grand sourire de soulagement. Je reprends confiance en la vie. Dans le cabinet du médecin :

— Vous me donnez vos analyses ? Merci. Oh, ce n'est rien, je vais vous prescrire un traitement d'un mois et on n'en parlera plus. Est-ce que vous êtes vaccinée contre les hépatites ?

— Non.

— Ce n'est pas bien, il faut absolument le faire. Prenez l'ordonnance, vous achetez le vaccin et vous revenez me voir tout de suite, comme ça, ce sera fait. A tout de suite.

Direction la pharmacie. J'ai peur des piqûres. C'est pas ma journée. Je ne la laisse pas faire, je la fuis.

— Mais ce n'est rien, vous allez voir, aussitôt piquée, vous direz que ce n'était rien.

J'ai honte, mais tant pis. Après ça, elle discute avec moi de mon métier. Elle me dit qu'elle s'occupe d'une association pour les filles comme moi. Elle a l'air de s'intéresser vraiment à ses patients. C'est un bon médecin. Ça prend le temps que ça prend, mais elle est là. C'est bien, un médecin qui ne compte pas son temps.

Cette journée m'aura coûté 3 000 balles, mais au moins, je sais que je n'ai rien.

En rentrant, j'appelle le Big Boss. Il ne comprend pas pourquoi il n'arrive plus à me joindre ces derniers temps. Je lui explique que je suis tombée malade. Il nous propose de venir manger avec lui ce soir. Rendez-vous aux Champs-Elysées comme d'hab.

Marie et moi arrivons au restaurant. Le Big Boss :

— Putain, comme tu as changé, Raphaella, t'es belle ma chérie.

— Merci, ça me fait plaisir que tu me dises ça.

— Je tourne la semaine prochaine, j'aimerais bien vous avoir sur mon film.

Marie :

— Je pourrai pas, je travaille à la RTAP, je peux pas m'absenter.

— Tu prends deux jours, je te fais faire un certificat médical, il est où le problème, t'as pas envie de gagner un peu de sous ?

— Mais c'est pas que l'argent, y a Raph qui vient de choper un truc, elle a pris un mois de médocs, je veux pas que ça m'arrive.

— Tu mets des capotes puis voilà.

— Bon, si c'est avec capotes, pas de problème.

L'usage du préservatif est un vrai problème dans la profession. Pourquoi tourner sans préservatifs, malgré les risques réels, malgré les avertissements quotidiens ? La raison invoquée par les réalisateurs est technique : le latex et la vaseline entraînent des reflets à l'image. A mon sens la raison réelle serait financière : il faut savoir qu'un film X français doit nécessairement être tourné sans préservatifs pour être vendu à l'étranger, en particulier aux Etats-Unis, où précisément, il est interdit de faire tourner une Américaine sans capote. De même, certaines productions allemandes viennent tourner en France pour la simple et bonne raison que les « jolies » filles chez eux n'acceptent pas certaines pratiques. Quand je travaille avec eux, je signe alors un contrat rédigé en allemand, incompréhensible pour qui ne parle pas la langue, et sur lequel il est stipulé qu'on a le droit ou non de réclamer l'usage du préservatif. Personne ne le fait, car personne ne le sait. En ce qui me concerne, je connaissais assez de termes allemands pour comprendre ce qu'on exigeait de moi.

D'habitude, il faut que je tanne Marie pour qu'elle refuse certaines choses, à commencer par le non-usage de la capote. Cette fois-ci, je m'étonne : apparemment mon histoire l'a fait flipper.

Le mois de traitement s'étant écoulé, je refais le test et quelques analyses. Le médecin du labo est content de constater que je vais bien.

— Ce test, c'est pour être certaine que vous n'avez rien ou c'est pour recommencer ?

— C'est pour être sûre que je n'ai rien.

— Très bien, ça s'est bien passé avec ma collègue ?

— Oui, très bien. Elle est gentille. D'ailleurs, je retourne la voir aujourd'hui.

— Bien, repassez cet après-midi pour les résultats.

Ça fait bizarre quand des gens s'intéressent à notre sort. Mais cela prouve que le monde n'est pas si pourri que ça. C'est réconfortant. Ce soir, on ira chez les filles.

Minuit, on fait la queue. Le videur à Marie :

— Toi, tu ne rentres pas, t'as pas 18 ans.

— Mais si j'ai 18 ans, j'en ai même 20 et je suis déjà rentrée plusieurs fois.

— Pièce d'identité.

— J'en ai pas, je l'ai perdue.

— Ben tu rentres pas.

Moi je sors ma pièce d'identité, je lui présente :

— Moi, j'ai 20 ans, je peux rentrer ?

— Oui, mais pas ta copine.

A Marie :

— Va dans le bar, prends un verre. Je vais voir Michelle.

— Tu me laisses pas en plan !

— Non, je vais demander à Michelle si elle peut te faire entrer, sinon, on s'en va, c'est tout. A tout de suite.

Je suis dans la boîte, je vois Michelle mais je n'ose pas lui demander. C'est quand même son videur, nous, on est personne. Elle vient à ma rencontre :

— Ça va, t'es toute seule ? Elle est où Marie ?

— Elle est dans un bar à côté.

— Elle ne vient pas ?

— Elle aimerait bien, mais le videur n'a pas voulu la laisser entrer, il croit qu'elle n'a pas 18 ans et elle n'a pas ses papiers.

— Elle est où, je vais la chercher.

— Dans le bar à gauche.

— J'arrive.

— Merci.

Marie est contente, Michelle me dit qu'elle lui a fait de la peine, elle était toute seule à une table, elle avait l'air triste. Ça nous amuse, on rit. On boit, on boit, on boit. 6 heures du mat,

Marie est à moitié nue sur la piste de danse avec une autre fille. Dans deux heures, on doit être dans le 20e pour tourner. La fille veut passer la fin de la soirée avec Marie. On va boire un verre au bar d'à côté. Elle lui propose d'aller à l'hôtel. J'interviens :

— T'es fatiguée Marie, on a rendez-vous dans une heure avec le Big Boss. On lui a promis d'être là et on sera là, je te le jure. Laisse-la rentrer chez elle tranquillement, tu la reverras un autre jour.

— Rapha tu fais chier, j'ai envie, je vais à l'hôtel et je reviens dans une ou deux heures.

— Non, Marie, on a promis, pas question. En plus, il t'a prévenue l'autre fois. Tu lui as fait genre tu seras là parce que tu dormais chez moi. Alors y a pas, tu viens. Et puis commence pas à me casser les burnes avec cette gonzesse, sinon plus jamais j'remets les pieds ici, d'accord ?

L'autre fille se met à chialer. Elle veut rester avec Marie. Je crois que je lui tape sur les nerfs en fait, mais je m'en fous. C'est pas elle qui nous donne à manger. Elle nous suit jusque dans le métro, elle insiste. Marie a de la peine, mais elle me suit. Elle ne dit pas un mot pendant le trajet. On arrive à 8 heures pile. Ils dorment tous. J'en profite pour faire de même. Je ne me lève qu'à midi. Puis j'ai encore du temps devant moi. Le Big Boss n'a pas prévu qu'on travaille avant 15 heures. Ça tombe bien. Marie est dégoûtée. Elle aurait pu finir à l'hôtel. Elle m'en veut, ça lui passera. Lorsqu'on arrive à table, on est prises à partie par Champignon, le mec qu'avait pas pu bander à Cannes. Le Big Boss :

— Admirez comme elles sont devenues belles ces deux-là !
Champignon :
— Comme c'est devenu des poubelles, tu veux dire.
La make-up :
— Cherche pas la merde toi.
Moi :
— C'est « je bande mou » qui parle.
Tout le monde éclate de rire. Il s'est foutu la honte tout seul, le pauvre. Genre, il est énervé :
— Si tu t'étais pas fait empaler par je ne sais qui, j'aurais pu entrer. La scène, si on l'a ratée, c'est à cause de toi.
— Déjà, on ne l'a pas ratée, mais *tu* l'as ratée. Puis, j'ouvre pas la porte à n'importe qui.
Il bougonne dans son coin, je l'ai vexé, il s'en va. Comme on dit, seuls les plus gênés partent. Avec Marie, nous filons au maquillage, c'est à nous. Il y a un acteur allemand et un français. Nous sommes sur une table. Le Big Boss n'en croit pas ses oreilles : je ne fais plus du cinéma muet, je crie. Il est content. Ça ne me plaît pas plus que ça. J'ai seulement l'impression de devoir prouver des choses aux gens que j'aime. Prouver que je vaux mieux que d'autres. Les acteurs eux sont ravis, ils ont l'impression que je jouis, ça les excite. Une fois, j'ai entendu dire qu'un pari avait été fait, gagnerait celui qui me ferait grimper aux rideaux. Eh bien, les enfants, c'est pas pour aujourd'hui. C'est juste un travail. Nous dormons sur place. Marie vient me parler :
— Je voulais juste te remercier pour ce

matin, en fait c'est toi qu'avais raison. Je te l'ai pas dit, mais elle voulait que je lui paie l'hôtel et le p'tit dèj. Après, elle voulait que je lui fasse des cadeaux. Elle voulait profiter quoi.

— T'as pas à me remercier. Si je t'ai demandé de venir avec moi, c'est juste parce qu'on avait promis. Le reste, je ne le savais pas et encore, c'est une chance pour elle. Allez, fais-moi une bise, on n'en parle plus.

La nuit passe. Champignon s'est barré du tournage. Tant mieux, j'aurai pas à l'humilier encore une fois. Aujourd'hui, une femme d'un certain âge tourne avec nous. Elle s'appelle Simone, elle est bien conservée, mais quand même, elle pourrait être ma mère, ça me tue. Apparemment, c'est une femme aisée. On dit qu'elle est là juste pour le plaisir, pour se taper des jeunes. Je suis visiblement la seule que ça dérange, ils sont en train de baiser une dame qui pourrait tout aussi bien être leur mère. Même Marie trouve ça cool. Je dois être bizarre. Quoi qu'il en soit, elle fait de super-scènes, mais ça l'oblige à se faire pisser dessus et à se faire fister. Les garçons sont contents et le Boss aussi. A partir de 97, ce genre de traitement hard sera plus particulièrement réservé aux filles de l'Est qui débarquent, naïves. D'abord, les Hongroises qui ont du succès, et obtiennent, vite exigées en contrepartie de leurs prestations, des sommes importantes. Elles ont rapidement dégagé. Les Tchèques ont pris leur place. Elles arrivent jeunes, jolies, sans argent, et souvent surveillées par d'autres acteurs du même pays. J'ai vu ces filles souffrir et pleurer. Elles ne connaissaient rien d'autre que le sexe traditionnel, à peine la fellation, surtout pas la sodomie. Prenez une fille sans expérience, ne parlant pas la langue, loin de chez elle, dormant à l'hôtel ou sur le tournage : faites-lui faire une double pénétration, un fist vaginal, agrémenté d'un fist anal, parfois les deux en même temps, une main dans le cul, parfois deux. Tu récoltes une fille en larmes, qui pisse le sang à cause des lésions, et qui généralement se chie dessus parce que personne ne lui explique qu'il faut faire un lavement. De toute façon, c'est pas grave, la merde fait vendre. Après la scène qu'elles n'ont pas le droit d'interrompre, et de toute manière personne ne les écoute, les filles ont deux heures pour se reposer. Elles reprennent le tournage.

Le réalisateur et le producteur encouragent ces pratiques. Pas par sadisme, mais parce que le spectateur le réclame. Avant d'accuser le milieu du X, accusons le marché qui demande d'aller toujours plus loin dans le sexe, hors circuit des diffuseurs traditionnels que sont par exemple Canal + ou XXL. Ce que je n'accepte pas pour moi, je refuse de l'accepter pour les autres. Lors de scènes avec des filles de l'Est, je simulais systématiquement le fist, mais pour être honnête, avec les filles fières de s'exhiber de cette manière, dégoûtée par elles, j'y allais franchement. Sous prétexte qu'elles signaient des contrats d'exclusivité, pour 10 000 francs au mois, plus une semaine de travail à 5 000 francs par jour, elles se croyaient supérieures. J'avais la haine. Ces filles-là, il faut le dire, étaient françaises de nationalité. Les hardeuses de l'Est l'acceptaient parce qu'elles n'avaient pas le choix. Elles étaient menacées de représailles, jamais en France, mais par leur proxo à qui les acteurs faisaient un rapport.

Les Françaises ne prenaient jamais le soin d'effectuer un lavement avant la scène. Alors un jour, j'ai juré à l'une d'elles que si elle n'avait pas le cul propre, je lui fourrerais sa merde dans la bouche. Elle pensait que le réal ne voudrait pas. Elle m'a défiée de le faire. Lorsque c'est arrivé, j'ai eu droit à des compliments du réal : « C'est bien Raph ! Ça fait vendre ! » Ensuite, il me demande de lui pisser sur la gueule. Je bois deux litres d'eau, j'avale des « médocs » qu'on me donne, sans trop savoir ce que c'est : les médocs sont d'usage sur ces tournages, soi-disant ça facilite la pisse. Déjà, tout le temps de la scène, t'as pas le droit d'aller aux toilettes, tu te retiens, dès que le hardeur a joui, t'attaques ! Plastique au sol pour protéger les meubles, la fille allongée dessus, j'entends : « Pisse-lui sur la gueule. » Moi, je n'y arrive pas, je fais sur les costumes, sauf quand il s'agit de ces mêmes Françaises : alors j'en tire même un certain plaisir, tellement elles sont stupides, prêtes à tout et n'importe quoi pour gagner ce qu'elles croient être beaucoup. Pour moi, le porno s'arrête à une bite, une femme.

Il n'y a pas que l'esclavagisme sexuel sur les tournages. Il y a aussi les heures supplémentaires. Les grosses têtes de la production en profitent pour choisir les filles qui passeront les soirées avec eux. Parfois, trois filles en même temps, qui refusent rarement, par peur d'être dénoncées une fois rentrées en Tchécoslovaquie. Quand on proposait à tout le monde d'aller en boîte, comme par hasard, elles n'avaient pas le droit. Dès qu'elles voulaient boire quelque chose, on leur interdisait. Je leur ramenais des bouteilles en cachette. Pour en protéger quelques-unes, j'allais dormir avec le réal, ce qui le contraignait à l'abstinence ! Un code d'honneur entre nous.

Les fantasmes évoluent. Le cul des filles ne suffit plus. On remplace par les mecs. Une scène : un mec shooté au poppers, le cul bordé de vaseline, et moi insérant un gode d'à peu près douze à quinze centimètres de diamètre, pendant plusieurs minutes. C'est la préparation. J'ai fait à ce même mec un quadruple fist anal : mes deux mains, les deux mains d'une autre fille, en même temps. Je me suis évanouie. Le type en redemandait. Scène d'après : le même avalait par-derrière une jambe jusqu'au mollet. Je sais que c'est difficile à croire, mais je l'ai vu.

Autre scène : un couple organise chez lui un tournage sado-maso où jouent des acteurs amateurs, dans le sud de la France. Certains sont payés, d'autres le font pour le plaisir, comme celui à qui ma copine Flo cloue les couilles sur une planche. Il est béat, il enlève les clous un par un, il saigne et sourit.

Encore pire : une femme enceinte de sept mois, moyennant 3 500 francs, se fait baiser, fister, pisser dessus, simplement parce que son mari, un acteur devenu célèbre dont elle a divorcé par la suite, le lui a proposé.

Le soir du tournage avec Simone, j'ai un dîner avec une copine. Je marche et je me fais accoster par un type :

— On va boire un verre ?

— Non, désolée, j'ai déjà rendez-vous.

— Sale bourge !

Comment ça, sale bourge ? J'ai pas une tête à ça. Je trace. Je dois être de retour dans trois heures, histoire d'être déjà sur place demain. Marie a téléphoné à Manu. Ça fait trois jours qu'il est sans nouvelles d'elle. Il l'a insultée, elle lui a raccroché au nez. Elle me dit qu'elle ne le supporte vraiment plus. Je le trouve sympa, mais je ne sors pas avec lui. Je n'ai aucun conseil à lui donner. Surtout pour ce que je connais de la vie de couple. Pour l'instant, je n'ai vécu qu'une fois une histoire à deux, avec Philippe, et ça s'est mal terminé.

— Marie, t'as fait le choix de sortir avec lui et de vivre avec lui. Pour moi, ce serait normal que ma copine me dise où elle est, ce qu'elle fait. Sinon, on n'est pas un couple et on ne vit pas ensemble. Regarde, tu fais du porno, t'es pas souvent là, il est en droit de savoir ce que tu fais, tu crois pas ?

— T'as raison, mais on n'est pas mariés non plus, faut pas abuser.

— Ça fait combien de temps que t'es avec lui ?

— Trois ans.

— Au bout de trois ans, on est mariés.

— Ah, je rigole, ça va pas dans ta tête, je reste

avec lui parce que j'ai nulle part où aller. J'ai plus les mêmes sentiments pour lui.

— Marie, tu vois, moi les gens qui sortent avec d'autres parce qu'ils ont un intérêt, j'aime pas. Je pensais pas que t'étais comme ça, tu me déçois.

— Je suis pas comme ça, mais comment tu peux me parler d'un truc que tu connais pas. Tu sais l'argent que je gagne, une partie part chez son père, et c'est normal parce qu'on vit chez lui, et le reste, je dois lui payer ses sorties et ses repas avec ses autres copines. Tu crois que c'est une vie ?

— T'as qu'à pas lui donner tes tunes. Tu sais, y a rien de plus simple, t'ouvres un compte, tu mets tout dedans. Comment il va te soutirer de l'argent sur ton compte ? Ecoute, Marie, dans deux semaines, je pars en Italie, un mois. Quand je reviens, on prend un appart et on verra bien ce que ça donne. Tout ce que je peux te dire, c'est de mettre de l'argent de côté.

— Comment ça tu pars un mois, tu ne me l'avais pas dit ?

— Ouais, mais j'en ai marre d'être en France, à part toi, j'ai personne et je me fais chier. T'inquiète pas, je vais revenir. Un mois, c'est rien.

— T'aurais pu me le dire avant, j'aurais pris le temps de m'y faire. Là, je vais être obligée de retourner chez Manu.

— Toute façon, t'y serais retournée. Dans l'immédiat, j'ai pas de maison.

— Ouais, mais j'aime bien nos escapades, je vais m'emmerder pendant un mois, je me vois pas sortir toute seule pour draguer des minettes. Hein, Raph ?

— Si on s'était pas connues, t'aurais fait comment ?

— La question se pose pas, on se connaît. Ça fait deux ans qu'on est ensemble. Comme tu dirais, on est mariées.

— T'es con. C'est pour ça que je t'aime, ma p'tite Marie.

Au Salon Erotica qui a lieu la même semaine, j'invite Michelle et Laurence. Je leur présente mes potes dont Géraldine, Miss Erotica. Elle aimerait bien faire un show dans leur boîte. Je leur en parle, elles sont d'accord. J'organise ça pour la semaine d'après. Je suis contente de pouvoir faire quelque chose chez elles. Marie dit que je le fais parce que je suis amoureuse d'elles. Mais moi je dis que c'est pas vrai. Dans le fond, probable que si. Géraldine est contente, ce sera sa première fois dans une boîte lesbienne. Sans pudeur, je lui demande son cachet :

— Ecoute Raph, je sais pas, tu me donnes ce que tu veux, je peux pas te demander de l'argent à toi.

— Tu sais, pars juste du principe que toute peine mérite salaire et dis-moi combien.

— Vu ce que tu as fait pour moi, je ne peux rien te demander, je te dois déjà beaucoup. Et si j'essuyais ma dette avec ce spectacle, ça serait plus simple.

Je l'ai dépannée un jour pour l'achat de costumes de spectacle. Je sais qu'elle ne gagne pas beaucoup et je l'aime bien cette fille :

— Ecoute, on ne parle pas de dettes entre nous, ça on laisse tomber. 1 500, ça te va ?

— Ouais, c'est ce que je prends en général, mais à toi je peux pas.

— On est d'accord pour 1 500. Mardi soir, ça te convient ? Parce qu'après, je vais en Italie un mois.

— Pas de problème, mardi, je t'adore Raphaella.

— Moi aussi.

Je vais voir les filles pour leur annoncer la bonne nouvelle et je leur propose de nous accompagner lundi soir dans une boîte échangiste place d'Italie.

Lieu dit, heure dite, Michelle, Marie et moi prenons un taxi. Les autres viennent en moto. On est six filles devant la porte. L'une a des baskets. Le videur ne veut pas nous laisser entrer.

Michelle :

— On est invitées par Géraldine, vous ne pourriez pas l'appeler pour voir si on peut tout de même rentrer.

Le videur :

— Je vais voir, mais je ne vous promets rien, c'est les ordres.

Géraldine nous fait la bise, on entre. Dans ce genre de boîte, il y a des sous-sols, on se croirait dans des caves. Les filles aiment beaucoup la déco. Le DJ leur fait un clin d'œil en les présentant à l'assemblée, évidemment en tant que patronnes d'une boîte pour les filles. Délicate attention. On boit des verres puis arrive Cérone, un strip-teaseur. Il m'attrape et on danse tous les deux sur la piste, un pseudo-spectacle improvisé. Il danse bien et il est très gentil. Il est musclé de partout. J'adore les hommes musclés. On s'était déjà vus, mais n'avions pas lié connaissance, c'est le moment ou jamais. Vers 2 heures du matin, il doit partir, il a un autre spectacle de prévu. On s'échange nos numéros et des bisous. Je me demande comment je peux plaire à un garçon si beau. En plus, je n'ai pas l'impression qu'il s'intéresse à moi juste pour coucher. C'est un charmeur, ça se voit. Il viendra mardi pour le spectacle de Géraldine. Un peu plus tard dans la soirée, elle fait un show, histoire de montrer aux filles que ce qu'elle fait n'est pas porno. Elles ont peur que le spectacle ne soit trop hard pour leur clientèle, elles ne sont pas habituées. Elles trouvent le show de Géraldine bien : elle se produira donc mardi à L'EntrActe. C'est fin de soirée, Michelle et Laurence repartent en moto. Je paie le taxi à Marie et Manu — ils n'ont jamais de sous ces deux-là, heureusement que Rapha est là. Je me charge de raccompagner une fille jusqu'à son vélo laissé à Châtelet.

Le mardi arrive. Entre-temps, j'ai fait la connaissance d'une fille, Germaine. C'est une blonde, fine. Dans les lumières, elle me semble jolie. Marie la trouve quelconque et n'aime pas du tout sa façon de s'habiller. Elle fait fille des cités, ce qui n'est pas à son avantage. Germaine voulait sortir avec moi. Moi, je voulais voir ce que c'était, j'avais dit oui.

Géraldine est là à l'heure. On est déjà à moitié bourrées. Son show est vers 1 h 30. D'ici là, elle pourra se mettre en condition. On sent qu'elle a peur. Je me demande si elle ira jusqu'au bout, mais je lui fais confiance. Il est certain que ce soir, je préfère être à ma place qu'à la sienne. J'ai pris la caméra, je vais tout filmer. Germaine est là. Elle s'amuse à embrasser d'autres filles. Je vais lui parler :

— Mais dis-moi, tu t'éclates, c'est la teuf. Dans ce cas, reste avec celle que tu as embrassée et bonne soirée.

— Non, mais c'est elle qui m'a embrassée, je voulais pas.

Au même moment, la petite amie de la fille en question :

— Tu veux que je t'aide, connasse ?

Moi, je me suis barrée, je ne suis pas là pour me battre. D'abord, qu'elle se démerde. Je retourne à la table avec mes amies. On se prend en photo, on se filme, on rigole. L'autre vient me voir. Nous allons dans les chiottes :

— Je suis folle amoureuse de toi, je suis désolée !

— Je m'en fous de ce que tu fais, c'est une histoire de valeurs et on n'a pas les mêmes.

Je pense toujours qu'une relation est basée sur la confiance mutuelle.

— D'abord, je m'en fous de toi et des filles, y en a plein d'autres sur terre.

Elle cogne son poing sur le mur. Sa main gonfle :

— En plus, tu joues la maligne, ça fait quoi de frapper sur un mur en dehors d'un gros bleu ?

Elle gueule :

— Tu comprends pas que je t'aime, t'en as rien à foutre ?

— Tu m'aimes ? On ne se connaît même pas, lâche-moi !

Je suis assise. Elle discute avec Marie. Pense-t-elle que Marie va me faire changer d'avis ? Elle est chtarbée celle-là. Marie vient me voir, elle rigole :

— Germaine est venue me voir, elle croit que je te commande. Elle me sort son histoire à deux balles et elle croit que je vais y changer quelque chose. Au fait, elle m'a dit de te dire qu'à cause de toi elle a mal à la main.

— A cause de moi ? Je lui ai pas dit de frapper le mur, moi ! Franchement Marie, tu me connais, tu sais bien ce que je pense d'une vie de couple. Tu crois que je vais accepter de sortir avec quelqu'un qui s'amuse ailleurs et devant mes yeux.

— Je t'ai rien dit moi, je m'en fous de sa gueule moi, regarde autour de toi, des meufs y a que ça. T'as juste à choisir.

— Ouais je sais, de toute façon c'est pas un problème. Je sors avec elle juste pour voir ce que c'est, rien d'autre. Je pars après-demain. D'ici là, j'aurai toujours pas couché avec elle. Alors ce qu'elle fait, je m'en tape.

— Tu lui as dit que tu faisais du porno ?

— Non, et je vois pas pourquoi je lui dirais. On en reparlera une autre fois si tu veux bien, le spectacle va commencer.

C'est Laura, une copine, qui filme. Géraldine fait son show sur *Saga Africa,* et elle me prend pour cible. Je suis celle qu'elle connaît le plus, je fais le spectacle avec elle. Première chose, elle m'attrape et me fout un masque de singe sur le visage. Elle me fait sauter avec elle. Je suis ridicule mais je rigole, on fait la fête. Après, une partie de l'assistance nous rejoint et on fait la Saga Africa sur la piste. C'est vachement convivial, les gens ont l'air d'apprécier le spectacle. Les applaudissements fusent. Elle en a terminé, une demi-heure sur scène, ça crève. Retour dans les loges. Je lui file la tune discrètement. Les filles n'ont pas besoin de savoir. Si ça leur fait plaisir, ça me fait plaisir. Laurence vient la féliciter. On continue à se soûler la gueule et à faire des photos. Tellement je suis ivre, j'oublie mes griefs contre Germaine. Je me surprends à l'appeler ma femme. Je crains un max. Marie n'accepte pas :

— Tu te moques de moi, t'à l'heure tu me dis un truc et là t'es bras dessus, bras dessous avec elle. Tu crois vraiment qu'elle est amoureuse de toi. Elle, ce qu'elle voit, c'est l'argent que tu dépenses, rien d'autre.

— Jusqu'à présent, tous les gens que je fréquente me connaissent pour ça, alors dis-moi ce que ça change pour moi, rien.

— Tu parles pour moi ?

— Je parle de tous les gens qui me fréquentent, Marie.

— Honnêtement Rapha, je t'admire pour ta franchise. Je ne te fréquente pas pour ton argent. Ça fait deux ans qu'on est amies toi et moi. Je pensais pas que tu me dirais ce genre de trucs. Moi, ce que je vois, c'est vrai, tu me paies à bouffer, des fringues, quand t'avais ton appart, tu m'hébergeais et je payais pas de loyer. Tu vois, j'ai toujours cru que c'était parce que t'avais de la peine pour moi, pas que tu te payais de la compagnie.

— Marie, tout ce que j'ai voulu dire, c'est que tous les gens qui me connaissent voient en moi une vache à lait. Toi, je ne te fréquente pas, tu fais partie de ma vie. Sur l'argent, si je paie pour toi, c'est uniquement parce que quand tu gagnes 1 000 francs, moi j'en gagne le triple. Je sais que t'es pas bien chez ton mec et loin de moi l'envie de te faire du mal. Tu sais très bien que je t'aime à la vie à la mort. Allez, fais-moi une bise.

La soirée se termine. On se dit tous au revoir. Germaine demande si elle peut dormir avec moi. Je lui dis non. On se rappellera demain. Dès que je suis à la maison, je visionne la cassette. Cette soirée m'a beaucoup plu. J'espère qu'elles voudront bien recommencer un jour. Ma valise est déjà prête. Je laisse un mot à mon père :

Je suis partie un mois en Italie, on se voit quand je rentrerai. Je t'embrasse et fais attention à toi. TA FILLE.

Je squatte chez Marie jusqu'à mon départ. Un bon ami de Germaine nous emmène à l'aéroport. Ça me fait bizarre de laisser Marie derrière moi, c'est la première fois qu'on se sépare elle et moi. J'ai envie de pleurer tellement j'ai de la peine. Germaine m'embrasse à pleine bouche devant des douaniers. J'ai honte mais je ne dis rien. Je lui promets de l'appeler tous les jours. Sur ce, je m'envole.

Un mois, c'est long, mais je me plais bien en Italie. Pas de prise de tête, je voyage. Je finis le mois à Carpi. J'adore cette ville. Elle ressemble beaucoup à l'avenue des Champs-Elysées. Je m'y sens comme chez moi. Je loge dans un bel appartement. Je suis là avec deux copines, MC et une Black : Luna. Au départ, on se dispute elle et moi. Elle joue trop les princesses. On prépare la bouffe à tour de rôle, mais elle ne fait pas le ménage, c'est MC et moi qui faisons tout. Ça me gonfle alors on s'engueule. Au final, on s'entend super bien, elle est triste de nous voir partir.

Sur Paris, je file directement chez Marie. Quand elle ouvre la porte :

— Surprise, c'est moi !

Elle me serre dans ses bras. Elle est contente, moi aussi. C'est comme si je retrouvais ma famille.

— Tu dors là ?

— Non, je vais prendre une chambre d'hôtel. J'en prends une pour toi aussi. Ça te dit ?

— Ouais, ça m'arrange. Les choses ont changé ici. Je sors avec quelqu'un d'autre.

— Et Manu, il ne dit rien ?

— Il ne sait pas.

— Marie, pourquoi t'es comme ça ? Tu vois, t'es mon amie, tu sais que je n'aime pas ce genre de situation. Faut que tu lui dises sinon je ne veux pas en entendre parler.

— OK, on n'en parle pas.

— Tu comptes rester vivre chez lui ?

— Non : on n'est pas censées prendre un appartement ensemble ?

— Si. Bon, dépêche-toi, on y va.

On a trouvé un chouette hôtel rue Amelot. Vers 14 heures, j'appellerai Germaine pour qu'elle me rejoigne. Avec Marie, on a fait les boutiques. Je lui ai acheté plein de cadeaux. Elle m'a vraiment manqué. C'est bizarre à quel point on est liées, elle et moi. C'est devenu ma petite sœur. Partout où on va, les gens pensent qu'on est en couple.

J'ai rendez-vous ce soir avec Germaine. Elle viendra avec son pote. Comme si elle ne pouvait pas venir seule. Je pensais qu'il la déposerait et qu'il repartirait. Mais pas du tout, il squatte. Ça me soûle mais je ne peux pas le virer. Il demande s'il peut rester dormir ici. Quoi ? ! Il croit qu'on va faire chambre à trois ? ! Il est dingue ce mec ! Marie a dit à Manu que j'étais là. Il vient dans ma chambre. Il me propose un plan, comme il dit. Son frère lui refile son appart. Il veut qu'on le partage, lui, Marie et moi. Faut juste donner l'argent de la caution. Je lui dis que je suis d'accord, mais je veux d'abord avoir l'aval de Marie. Il dit que Marie est « open », alors j'accepte. Lorsqu'il est arrivé dans la chambre, ni Germaine ni son ami n'ont daigné lui dire bonjour. Je trouve ça mal élevé :

— La moindre des politesses, c'est de dire bonjour à mes amis. Tu vois Germaine, c'est comme si ton pote était là et je ne le calcule pas, tu comprends ce que je veux dire ?

Ils disent bonjour, mais on croirait qu'ils le font parce qu'ils ont une arme braquée sur eux. Va falloir qu'elle apprenne la politesse celle-là. Manu et moi nous nous enfermons dans la salle de bains et discutons. On en vient à l'appartement. L'hôtel me revient trop cher. Il en profite pour me glisser au passage que Germaine, qu'il ne cesse d'appeler le « trav », ne me correspond pas. Il y a mieux pour une première expérience.

Il est tard. J'ai envie de dormir. Germaine est flanquée d'un clodo qui ne sait pas où dormir et ne veut pas s'en aller. J'ai envie de les virer tous les deux. On ne me l'avait jamais faite, celle-là. Je me résous à appeler Marie. Elle n'est pas d'accord. Comment lui en vouloir ?

Marie :

— Bah, donne-lui ma chambre mais je ne viens pas, je te rappelle demain pour qu'on se voie. Ta copine, c'est une vraie connasse. Laisse-la tomber, elle ne va t'attirer que des ennuis, fais-moi confiance. Les meufs des banlieues, je connais, j'en suis.

— Marie, moi aussi j'en suis et je suis pas comme ça non plus.

— Raph, fais ce que tu veux. Là, t'as dépensé 500 balles pour une chambre et c'est un mec que tu ne connais ni d'Adam ni d'Eve qui va en profiter. Si elle commence comme ça, ça veut dire qu'elle va t'en faire voir de toutes les couleurs. Franchement Raph, t'es plus maligne que ça, jette-les. T'as pas à te justifier devant eux, non ?

— T'as raison, mais je suis dans mon trip. Moi, je suis pas toi, j'ai pas niqué depuis un bout de temps, j'ai envie.

— Depuis le temps que t'attends, tu peux attendre encore quelques jours et crois-moi, demain t'auras vite oublié.

— Bon, Marie, ils dorment là cette nuit et si demain c'est la même chose, je laisse tomber.

L'atmosphère est tendue dans la chambre. Il faut dire qu'on ne m'a jamais habituée à ça. Je lance à Germaine :

— Tu sais, que je décide de prendre une chambre pour être avec toi n'implique pas que je doive le faire pour tes potes. Je ne roule pas sur l'or. A toi de trouver une solution. Y a rien qui m'oblige à faire quoi que ce soit pour lui. On est d'accord ? Bon, je vais me laver.

— Je peux venir ?

— Non, je saurai le faire toute seule. A ce propos, j'ai pris la liberté de t'acheter une brosse à dents.

En vrai, j'ai plus trop envie de coucher avec elle. J'appelle Michelle, je lui dis que j'arrive. Là-bas, j'enchaîne deux bouteilles de champ. Quand je repars, je suis bien trop ivre pour faire quoi que ce soit. Tant mieux, j'aurai pas à coucher.

Le lendemain soir, Marie et moi nous donnons rendez-vous à l'Hippo de Bastille. Germaine demande si son pote peut nous rejoindre.

Je dis oui, mais pas question qu'il nous fasse le coup d'hier. Elle me prend vraiment pour une banque. Qui va payer l'addition, je me le demande. A son arrivée, on a encore du temps devant nous. Si on allait au Virgin ? Sur place, on voit Marie et son nouvel ami. Je le prends mal. J'ai passé la journée avec Manu. Mon bon sens m'interdit de lier connaissance avec lui. J'en veux à Marie, elle s'excuse. Je ne vis pas à sa place. Je ne sais pas vraiment ce qu'elle endure avec Manu. Je laisse tomber. Je lui parle de l'appart, elle est vraiment pour. J'y comprends rien, je ne cherche pas plus loin. Il va bien falloir que j'habite quelque part dans une semaine. Pourquoi je me prendrais la tête ? Lorsque je retourne à l'hôtel, je m'aperçois que Germaine n'a pas utilisé sa brosse à dents. Je m'inquiète : utiliserait-elle la mienne ? Là, je ne suis pas d'accord :

— Dis-moi, de quelle brosse à dents tu t'es servie ?

Elle a l'air gêné. Putain, elle s'est servie de la mienne ! Quelle connasse !

— Je n'en ai utilisé aucune.

— Comment ça ? Tu ne te brosses pas les dents ?

— Non, je n'en ai pas l'habitude.

— Bah, il va falloir t'y faire avec moi. Pas question que j'embrasse quelqu'un qu'a les dents sales.

— OK, je vais le faire.

— Oui, tout de suite !

C'est dingue. L'hygiène, c'est crucial pour moi. Est-ce qu'au moins elle a pris une douche ce matin ? Il suffit juste de faire couler l'eau pour faire croire. Pour être certaine qu'elle en prendra une, je vais lui tenir compagnie. Ma présence la dérange mais j'en ai rien à foutre. Lorsqu'elle sort de la baignoire, je lui tends même des cotons-tiges. Juste au cas où ça aussi, elle le négligerait.

— Pourquoi tu te sens obligée de m'épier quand je me lave ?

— Pour être certaine que tu le fasses. Tu sais, ça fait partie du respect de l'autre. Personnellement, si je ne me lavais pas, je serais mal à l'aise vis-à-vis de l'autre. Mais rien que pour toi, c'est nécessaire. Tu ne t'en sentiras que mieux.

— J'ai l'habitude de me laver au savon et dans une bassine.

— Bah, profite, t'as une baignoire à ta disposition.

— C'est la première fois qu'on me la fait celle-là.

— Bah, c'est la première fois que j'ai affaire à une personne comme toi. Tous les gens que je connais se lavent, et rien n'est plus normal, ma fille.

— Ouais, mais à ce point, c'est grave. Tu m'espionnes, tu me refiles des cotons-tiges, tu as même vérifié si je m'étais lavé les dents.

— Et alors, je t'ai pas coupé un bras. Si tu ne trouves pas normal d'être propre, change de copine. Ça fait vingt ans que je suis comme ça et je suis pas prête de changer. Va falloir t'y faire. Bon, la semaine prochaine, on emménage dans un appart, Marie, Manu et moi. C'est petit, alors on ne pourra pas se voir souvent.

— Je pourrai quand même passer quelques nuits avec toi.

— Oui, mais pas tous les soirs. Toute façon, on n'y est pas encore, on verra plus tard, je t'avertis juste.

— D'ici là, on a une semaine, on peut en profiter.

Je lui réponds sans grande conviction. J'ai déjà plus envie d'être avec elle. Comment lui dire ? J'aimerais pas que ce genre de truc m'arrive, alors comment le faire à quelqu'un d'autre. Je me rends compte que j'ai juste pitié d'elle. Manu me dit que je ne suis pas Mère Teresa, mais c'est mon choix et ma vie. Avec Marie, ils n'ont pas envie qu'elle squatte à la maison. Je n'ai pas spécialement envie non plus. Je ne sais pas quoi faire. C'est vrai, je ne suis pas amoureuse d'elle, pourquoi je m'encombrerais ? Elle est de deux ans mon aînée, elle n'a pas de travail et vit de ses allocations Assedic. On n'a pas de points communs, rien qui nous unisse. En plus, il y a un truc qui me dérange chez elle : elle se met à copier ma façon de vivre, et donc ma manière de dépenser l'argent. Inutile de préciser que ses moyens s'estompent vite. Il faut lui dire maintenant. J'essaie de lui parler, je n'y arrive pas. Quelle connerie je n'ai pas faite !

J'entre pour la première fois dans l'appart. Il est classe. Une rue tranquille, digicode et interphone, personne ne viendra nous faire chier si on n'en a pas envie. Manu dit :

— Marie paie la caution, toi, Rapha, tu ramènes les meubles. Etant donné que tu les as déjà, c'est cool. Moi, je paie le loyer. Y a juste un truc, il manque 600 balles pour payer l'assurance. Je les ai pas.

Marie :

— Moi non plus, j'ai pas de quoi.

— J'ai compris, c'est moi qui paie. C'est tout ?

— Ouais, c'est tout.

— Demain, Marie, on ira acheter de la bouffe pour Noël et faire la fête, ça te dit ?

— Yes, Raph.

Sur ce, on passe notre première nuit par terre. Les meubles n'arriveront que demain. Germaine a réussi à s'incruster avec son pote. On n'a rien dit pour cette fois. Marie et Manu n'apprécient pas, et moi non plus. Avec Manu, on décide de les virer demain : il mesure deux mètres de long pour cent kilos, c'est clair qu'ils feront pas les fortes têtes. Marie dit que tant qu'ils seront là, elle dormira ailleurs. Par la faute de Germaine, je me brouille avec ma seule amie. C'est la première fois que ça m'arrive. Je leur promets qu'après les fêtes, ce sera fini, qu'on n'entendra plus parler d'eux. Ils font semblant de me croire. Noël, on le passe sans Manu. On lui a monté un bateau pour qu'il se casse. On lui a même payé sa soirée. On fait la fête à la maison. Tout a bien commencé. Il est prévu que le pote de Germaine s'en aille aussitôt la soirée terminée, il n'en a pas envie, ça se voit. Avec Marie on avait prévu de finir la soirée entre filles. Il descend et remonte, style sa voiture ne démarre pas. Il veut squatter. C'est pas la maison du Bon Dieu ici, pour qui il se prend celui-là ? Obligée de le laisser dormir ici, mais pas de raison qu'il interfère dans nos plans. Je décide de baiser. On est dans le noir mais il entend tout. Soudain, il se met à gueuler. La goutte d'eau qui fait déborder le vase. Genre il baisse son pantalon :

— Moi, je suis un homme, je vais vous niquer bande de salopes.

— Tu sais quoi, tu vas te rhabiller, ici tu fais pas le patron. Imprime ça. On est chez moi ici. On t'avait dit de partir. T'as genre des problèmes de caisse. C'est pas notre problème. Ne nous fais pas regretter notre gentillesse. OK, maintenant, tu vas te coucher. Demain, tu te casses dès que t'es levé et fais-moi confiance, t'es pas près de remettre les pieds ici.

On se couche. A mon réveil, il n'est déjà plus là. J'avertis Germaine que la même chose l'attend. Cette nuit m'a permis de réfléchir, Germaine ne m'intéresse plus. L'histoire avec son pote me donne une raison valable pour me débarrasser d'elle. Elle peut prendre ses affaires et partir également. Marie ne dit pas un mot. Elle est choquée. On dirait pas que c'est chez nous, c'est les autres qui font la loi. Elle ne veut plus vivre ça. Moi non plus. Manu rentre content de la soirée qu'il a passée. On lui raconte ce qui nous est arrivé. Il rigole. Mais plus tard, il me dit que si ce fils de pute remet les pieds ici, il l'explose sans sommation. Je lui réponds qu'il n'a plus de souci à se faire. Il me parle de Germaine :

— Ce travelo non plus je ne veux plus le voir ici. Elle va semer la merde entre nous. Carrément, je l'héberge sous mon toit, elle me dit même pas bonjour !

— Comment ça, elle te dit pas bonjour ? Toute façon, elle aussi elle vire. J'aime pas le rapport malsain qu'on a.

— T'as raison, puis ça vaut mieux. T'as vu comment elle parle ? « Oh, je suis malade. Rapha, je t'aime, nanananana. » C'est une vraie conne.

— Manu, tu peux penser ce que tu veux, mais respecte-moi.

— OK, excuse, mais en même temps, non, c'est une conne, je l'aime pas, puis elle te bouffe ta tune. Tu crois qu'elle t'aime, ce gravas ? Tu rêves ! Tu lui paies tout ce qu'elle n'a jamais eu dans sa vie. A sa place, moi aussi je t'aimerais !

— Va te faire foutre, connard.

— Hé, Rapha, je t'aime, t'as pas 100 balles à m'filer s'te plaît ?

— Crève !

— Je t'aime, little star of chuttle.

— Moi aussi, ducon.

Les jours passent, on n'a rien fait de particulier cette semaine. Avec Marie, on se dit qu'on va reprendre des tournages. Le faire tant que nos physiques nous le permettent. On a contacté le Big Boss. Il est OK pour nous faire travailler la semaine prochaine. En attendant, on ira faire les belles à L'Entr'Acte. Germaine frappe à la porte. Elle veut me parler. J'ai rien à lui dire. Elle est sans intérêt pour moi. Je vais reprendre le porno. Je peux pas la laisser rentrer dans mon monde. C'est le mien, pas le sien :

— Ecoute, je fais des films de cul, je me vois pas dire à quelqu'un que je l'aime et me faire baiser par d'autres. Puis j'ai pas envie d'être avec toi. On ne vit pas dans le même monde. Tes intérêts dans la vie ne sont pas les miens, et vice versa.

— Je t'aime, je veux rester avec toi. Je suis malade, je vais peut-être mourir. T'as vu la cicatrice que j'ai, c'est une opération du cœur. Je dois repasser sur la table. Et je peux mourir.

— Tu peux mourir ou ne pas mourir.

Je ne me sens pas le cœur de la rejeter. Ça fait style, c'est sa dernière volonté, comme les prisonniers avant de passer sur la chaise. J'accepte de rester avec elle. Mais elle devra dormir ailleurs. J'ai promis à mes potes. On passe l'après-midi ensemble, en se jurant un bonheur absolu. Le soir, elle part comme convenu. Marie dit que j'ai tort. Elle ne comprend pas que je suis peut-être la dernière personne à lui tendre la perche. Elle pense que je veux jouer les bons Samaritains. C'est certainement vrai. Mais c'est ma vie, pas la sienne. Manu voit ça d'un autre angle :

— Je te préviens, je veux pas qu'elle dorme ici.

— J'ai pas dit qu'elle le fera.

— Rapha, t'es conne ou quoi ? Réveille-toi, tu vois pas qu'elle se fout de ta gueule. Je l'ai vue venir avec ses gros sabots, cette merde. Tu crois vraiment qu'elle va mourir ? Si elle t'avait pas connue, elle aurait fait comment ? Je sais que t'as le cœur gros comme une maison, mais là t'abuses. Je te jure, t'abuses Rapha. Moi, je t'aime bien, j'ai pas envie de voir cette connasse profiter de toi. Elle sait que tu fais du lukesse[1] ? T'as le vice en toi et tu te fais endormir par elle. Ah, tu m'énerves ! Je vais te mettre la pression jusqu'à ce que tu comprennes !

— Manu, t'es pas mon mari, alors tes conseils, garde-les pour toi et tes potes, d'accord ? Je suis une grande fille, j'ai pas besoin d'un chaperon. Je t'ai dit qu'elle ne dormirait pas ici. Le reste ne te regarde pas.

— Après tout, fais ce que tu veux, j'm'en ouf. Mais tu verras, on en reparlera. Des meufs, y en

1. Lukesse est ici synonyme de « porno ».

a à la pelle, tu mérites mieux. Germaine est moche et pas intelligente. Ou plutôt si ! Elle est grave intelligente, elle a réussi à t'endormir. Elle n'en reste pas moins une grosse merde, je te le dis.

— T'as fini ? Bon, demain, Marie et moi, on tourne. J'ai besoin de sommeil.

— Comment ça Marie tourne ?

— On va chez le Big Boss.

— Je peux venir ?

— Non, c'est pas utile.

Sur le tournage, on retrouve tous nos potes d'avant. Je suis heureuse. C'est la famille ici. Je n'ai pas vraiment de scène à faire. Beaucoup de figuration. Ça m'arrange, j'ai plus trop envie de me faire sauter. La dernière scène réunira Marie, un garçon et moi. Marie est vêtue d'aluminium, moi je porte un body en latex. Le garçon est en garçon, comme d'hab. Pourquoi les filles portent toujours des costumes ridicules ? N'empêche que l'alu lui va très bien à Marie. On est trois copains. Je commence par lui tailler une pipe, lui lécher les couilles. Il me prend, cul caméra :

— Oh t'es bonne, j'adore te baiser, c'est toujours aussi serré à l'intérieur, t'aimes ce que je te fais ?

Je souris mais ne réponds pas. Arrive le tour de Marie. Une petite levrette.

Le Big Boss donne les indications :

— Fais-moi un passage dans le cul, elle aime ça. Marie, vas-y ma chérie, excite-le bien.

Montre-lui que t'aimes ça, c'est bien mon bébé. Changez de position les enfants, c'est super.

Pendant ce temps, j'embrasse et caresse le garçon. Marie a une position telle que de l'air lui entre dans le cul. Elle pète plusieurs fois :

— Pardon David, excuse-moi, je fais pas exprès.

— Marie, arrête, je vais débander, je peux plus.

— Oh, oh, c'est bon, pardon David, pardon.

On arrête la scène, on est morts de rire. On n'arrive pas à s'en remettre. Même le chef op n'en peut plus tellement il rigole. La scène finit par une éjac sur nos visages. J'ai trouvé ça moins drôle. David nous propose de passer une soirée dans la semaine avec lui. On accepte. On bouffera ensemble et on passera certainement une super-soirée. On empoche nos biffetons et on se casse.

Bientôt, il y aura le salon Hot Vidéo à la Porte Champerret[1]. On ira y faire un tour. Histoire de trouver d'autres propositions de travail, avec des étrangers par exemple. Cette semaine, on a deux dîners de prévus. Un avec David, l'autre avec le Big Boss. J'adore cette vie. J'aime surtout qu'ils me montrent leur estime de cette manière. La soirée avec David s'est bien passée. Sauf qu'à la fin, le maître des lieux s'est fait soi-disant piquer 2 000 balles. Il demande à ce qu'on se désape. Marie refuse. J'ai rien à me

1. Le salon de la vidéo hot se tient tous les ans pour promouvoir acteurs et nouveaux films.

reprocher, je le fais. Je suis la seule à le faire. David prend la parole :

— Si elles disent que c'est pas elles, je les crois. C'est mes amies. Ça fait deux ans qu'on se connaît. J'aime pas trop qu'on les traite comme ça.

Pascal, un copain à lui :

— C'est pas ça David, mais comprends-le aussi : si il dit qu'il avait 2 000 balles dans les poches, il n'y a pas de raison de le croire moins que tes amies. Tout à l'heure, y avait plus de monde. C'est certainement une autre fille. Je comprends son geste : si j'avais vu 2 000 balles, moi aussi je les aurais certainement mis dans ma poche. Enfin c'est cool, tout finit bien. Allez, les filles, je vous raccompagne à une station de taxi.

David s'excuse, il est désolé. C'est pas sa faute. On l'embrasse. A la station de taxi, je les remercie. J'ai l'impression qu'ils le prennent mal.

— Pas de méprise, j'ai vraiment passé une bonne soirée.

— Je suis pas habitué à ce qu'on me remercie pour ça. T'es quelqu'un de bien, ça se voit. Merci à vous les filles, et encore désolé pour cette histoire.

Je me rencarde avec Germaine pour 11 heures au McDo de Répu. On parle de la soirée. Je lui dis que j'ai goûté à la cocaïne. Quel effet est-ce que cela m'a fait ? Juste m'empêcher de dormir. Elle me fout une baffe. Fin de la discussion :

— Ne recommence jamais ça, je te préviens, première et dernière fois. T'as compris ?

— Pourquoi tu touches à ça ?

— Tu n'es pas mon maître à penser. Ma vie, j'en fais ce que je veux. Que ça soit clair dès maintenant. Je vais rentrer me coucher, j'ai pas dormi cette nuit, j'ai du sommeil en retard.

— Je peux dormir avec toi ?

— On en a parlé, tu ne peux pas. C'est un accord avec mes amis.

— Tes amis, ils baisent, ils sortent, ils mangent, ils vivent ensemble. Toi, t'as le droit de rien faire, c'est pas normal. Je sais pas si tu t'en rends compte, mais c'est eux qui te donnent la marche à suivre, ça craint.

— Une promesse est une promesse. Si tu veux, on peut aller à l'hôtel.

— Ouais, je veux bien. J'ai envie de toi, tu me manques.

On se prend une chambre au Campanile de Bastille. On baise, on dort. A chacun des rapports que j'ai avec elle, j'imagine que c'est quelqu'un d'autre. C'est mal mais elle, je n'y arrive pas. Quoi faire ? La jeter ? Je peux pas, je suis la seule sur qui elle peut compter. Faire semblant, ça dure qu'un moment. Je me suis piégée toute seule. Peut-être qu'avec le temps, je m'habituerai à elle. En tout cas, je l'espère. Elle s'est imposée à moi. J'aurais dû écouter mes potes. Bien fait pour ma gueule. J'essaie de lui faire comprendre que nos vies ne suivent pas le même chemin, mais elle s'accroche. Je suis partagée entre mon désir de liberté et la promesse que je lui ai faite. Ne jamais l'abandonner. J'aurais mieux fait de me casser une patte. Vivre dans le mensonge, c'est pas évident. Des fois, en plein rapport, je lui donne le prénom d'une autre. A chaque fois que ça m'arrive, je suis bourrée. Quand j'ai dessoûlé et qu'elle me le raconte, je lui dis qu'elle a rêvé. J'essaierai de faire gaffe les prochaines fois. Je rentre chez moi, elle chez elle. A la maison, personne ne peut payer la facture d'électricité. On est à la limite d'être coupé. Je réveille Manu :

— Jamais vous pensez à régler les factures, vous êtes lourds. Si je m'en étais pas aperçue, demain y aurait plus eu de courant !

— J'ai prévenu Marie, elle n'a pas de tunes.

— Me prévenir, vous pouvez pas ?

— Si, on n'a pas pensé.

— Vous n'avez pas pensé. Tiens, va la payer tout de suite.

— Excuse-moi, tu peux me filer 100 balles, y a plus rien à manger.

— Je te file 100 balles, mais va payer la facture !

— Merci, little star of chuttle.

— Fais pas chier. Elle est où Marie ?

— Je sais pas, elle a rencard avec son branc'. Bon, je reviens petite chérie.

— Ouais, c'est ça. Je vais dormir alors fais pas trop de bruit.

— Je mange et je vais à la gym, je te f'rai chier une petite heure et tu ne me verras plus de la soirée. Tchao, bella !

— Salut *caprone.*

Il me bise et se casse. J'aime être seule, ça me permet de réfléchir. Germaine a peut-être raison, d'où je n'aurais pas le droit de faire dormir quelqu'un chez moi ? On me dit des trucs et je cours. A partir de demain, je vais mettre certaines choses au clair. Jamais je ne me suis permis de donner la marche à suivre à qui que ce soit, pourquoi j'écouterais les autres et leur bonne moralité. Ça fait trois jours que je n'ai pas quitté l'appartement et personne n'est venu. J'aime ce côté paisible. J'ai décidé qu'elle habiterait ici à partir de maintenant. Je ne préviens personne et je la fais venir. Je lui dis que je dois partir quelques jours en Italie, dans deux semaines. Pendant ce temps, elle devra dormir chez elle. Manu et Marie prennent très mal cette décision. Manu jure que lorsque je serai en Italie, il lui fera la vie dure. Je ne m'inquiète pas, elle n'est pas supposée rester ici sans moi.

Nos relations se dégradent vite. Même Marie et Manu ne s'entendent plus. Un après-midi, Marie rentre en pleurs à la maison. Il l'a giflée à Montparnasse et a voulu lui piquer sa carte bleue. Elle s'est sauvée. Il rentre un quart d'heure après. A Manu :

— Je te préviens, tu la touches, t'es mort, fils de pute !

— Qu'est-ce qu'y a ? Elle est folle celle-là, elle me tape dans la rue, elle me prend pour un branc'. Je rigole, je vais la claquer !

— Tu la touches, je te tue. Son argent n'est pas le tien. On est d'accord ?

— Marie, ouvre la porte, je veux te parler, ouvre !

— Manu, reste tranquille.

— Oh, ça va, je peux lui parler quand même.

— Tu veux lui dire quoi, tu veux connaître le code de sa carte ?

— Je lui ai demandé 100 balles et elle m'a gonflé.

— La carte, c'est moi qui l'ai, tu vas faire quoi pour l'avoir, tu vas me taper moi aussi ?

— Marie, ouvre !

Marie lui ouvre la porte. Ils s'enferment. Tout d'un coup, j'entends Marie crier. Il la frappe !

— Manu, t'as deux secondes pour ouvrir cette porte !

Il refuse. Je défonce la porte. Il lui tapait la tête sur l'évier. J'ai le temps de rien, il se sauve. Il n'est pas près de remettre les pieds ici. Marie pleure. Elle souffre, elle a mal. Je la console comme je peux. Elle m'explique clairement l'histoire. Elle veut que je garde sa carte, elle a peur de lui. Moi, je n'ai pas peur. Elle me remercie :

— Heureusement que tu es là, merci Rapha. Pardon, je voulais pas que ça se passe devant toi. Excuse-moi.

— Quoi, c'est pas la première fois ?

— Non, ça fait trois ans que ça dure.

— Attends, je comprends pas, ça fait trois ans qu'il te frappe ?

— Oui.

— Et tu me le dis que maintenant ?

— Ça aurait changé quoi, si tu l'avais su avant ?

— Ben déjà, j'aurais pas pris d'appart avec lui. Je peux te garantir qu'il ne recommencera pas. Ça va ta tête ?

— Ouais, ça va.

— Tu veux qu'on aille faire un tour ?

— Non, je veux dormir.

— Bon, dors.

Manu n'a pas refait surface pendant une petite semaine. Ça nous a fait du bien. Ce soir, on est sorties. On s'est bien marrées. A notre retour, surprise, il est là et il a bloqué la porte pour qu'on n'entre pas. Je frappe une fois gentiment sur la porte. Il dit :

— Ton trav' n'entrera pas.

— Ouvre cette porte !

Vu le boucan qu'on fait, il n'a pas le choix, il ouvre genre super énervé. Marie fume une clope. Il lui ordonne de l'éteindre. Elle refuse. Il gueule. Elle lui balance la cigarette à travers la gueule. Il s'énerve, l'attrape et la fout dehors. J'ouvre la porte et la fais entrer. Elle en rallume une autre. Même topo. Cette fois, il verrouille la porte. J'attrape un couteau de chasseur que j'ai depuis des années, je le lui mets sous la gorge et lui dis :

— Il est 3 heures du matin, tu ne nous emmerdes pas ou je te tue, c'est clair comme ça ?

— Attends Rapha, tu sais bien que je ne supporte pas la cigarette, il est 3 heures, faut pas abuser. Tu me connais, tu sais comment je suis.

— Déjà, tu bloques la porte. Nous, on te l'a jamais fait.

— Ouais d'accord, j'aurais pas dû, mais bon, ton trav' je ne veux pas le voir ici.

— Marie, tu l'as frappée pour 100 balles, c'est pas pardonnable. Concernant mon « trav' », je paie sa part de loyer, t'as rien à me dire, OK ?

— J'ai envie de dormir, vous me faites chier.

— On te fait chier, mais on habite là. Je vais te donner un conseil, ouvre la porte à Marie et laisse-nous tranquilles. La prochaine fois, je t'égorge, d'accord ?

— Tu me menaces ?

— Exactement, méfie-toi, si tu veux continuer à vivre. Je vais pas te prévenir cinq cent mille fois. Rentre Marie.

Il se barre à 9 heures. Marie m'applaudit. Je trouve ça malvenu. En arriver là alors qu'il suffirait juste de partir. Prendre un autre appart à nous limiterait les dégâts. Je n'ai jamais été aussi violente de ma vie. Le seul truc bien dans tout ça, c'est qu'il me craint. Mais la situation est chaude. Je dis à Germaine de partir, j'ai besoin de faire le point avec Marie. Germaine me soûle à se mêler de ce qui ne la regarde pas. Elle dit que c'est pas sa faute s'ils s'embrouillent, qu'elle voit pas pourquoi elle devrait partir, que sa part de loyer est payée. Elle rigole. Elle a trop pris confiance. C'est moi qui paie, c'est moi qui décide :

— Bon Germaine, tu te barres. Ici, c'est moi qui décide. Que je sache, t'es tolérée ici. Alors ne m'emmerde pas, d'accord ?

— Pourquoi c'est moi qui trinque ? J'ai rien fait.

— Allez, salut !

Marie :

— Je suis contente que tu l'aies renvoyée, ce qui se passe ne la regarde pas.

— Il faut qu'on fasse le point, Marie. Ça peut

pas continuer comme ça. Hier, j'aurais pu le tuer. J'ai peur de ce que je peux faire.

— T'es trop forte, Rapha. Tu m'as épatée.

— Je l'ai pas fait pour t'épater, je l'ai fait et j'étais prête à aller jusqu'au bout. Dans ma famille, toutes les femmes se font massacrer. J'ai été élevée comme ça. Maintenant, je refuse qu'une femme soit victime d'un mec devant moi. Mais j'ai pas non plus envie de devenir un assassin.

— Je vais le quitter. Ermès — le type avec lequel elle trompe Manu —, il m'aime bien et je l'aime bien.

— C'est pas parce que tu vas le quitter que ça s'arrangera. Faut partir d'ici.

— Et Germaine ?

— Quoi Germaine ? Je suis pas sa mère. Je trouve qu'elle prend trop ses aises avec moi, j'aime pas ça. Tu sais ce qu'on n'a qu'à faire ? On tue Manu, on tue Germaine, on les découpe et on les jette dans la Seine. T'aurais le courage ?

— T'es sérieuse ?

— On ne peut plus sérieuse. Marie, j'en ai ras le bol de cette vie, je peux plus.

— Rapha, on peut pas faire ça.

— Si, on peut Marie. Suffit juste d'avoir le courage. On achète des sacs poubelles, une scie et c'est parti.

— Rapha, tu déconnes. Reprends-toi, tu me fais peur.

— C'est quoi la solution, Marie ?

— Pleure pas Raph. T'es pas comme ça, laisse tomber.

— J'ai plus la force de subir les choses. J'ai mal à chaque fois. La dernière fois que mon père m'a touchée, je l'ai assommé. Je voulais le tuer. C'est la vie qui me rend comme ça. Tu sais, ses fils m'ont sauté dessus. Ils me mettaient des patates dans tous les sens. Tu sais ce qu'il a dit le petit : « Laisse tomber, tu la tapes et c'est toi qu'as mal, elle en a tellement pris que ça lui fait plus rien. » Et moi je mettais coup de botte sur coup de botte à mon père. J'ai failli le tuer. Notre vie, c'est à nous de la choisir, pas aux autres. Ce qui s'est passé avec Manu, je ne veux pas que ça se reproduise.

— Mais Raph, là tu parles de meurtre ! C'est grave !

— Je sais Marie, je sais. Bon, on fait quoi ?

— Viens, on va faire un tour.

— Un tour, où ?

— Au bar en bas.

On boit quelques verres. La discussion tourne autour du ménage à faire à la maison. Jeter tous les magazines de cul qu'il collectionne, laver les carreaux, jeter les fringues inutiles. On va lui couper l'herbe sous le pied, plus de cadeaux. Germaine n'est pas partie, elle traîne près de la maison. Elle ne montera pas, je me le jure. J'en ai marre des gens qui se foutent de moi. La franchise, c'est la seule chose qui marche. Je vais partir d'ici peu en Italie, il est temps de rompre avec l'inintéressant.

Si les choses étaient aussi simples que ça ! Elle nous casse la tête à coups de sonnette. Je craque, je la laisse monter. Marie ne dit pas un mot. C'est à moi de la virer une fois pour toutes.

J'y arrive pas, elle pleure. C'est un poids dans ma vie, ça ne peut pas durer, mais ça dure... Je vais m'inventer une nouvelle petite amie. Peut-être que si je lui fais mal, elle me laissera tranquille. Je n'y arrive pas non plus. J'aime pas mentir. Puis ça serait mettre en cause ce que je suis. Je veux rester fidèle à moi-même. Je vais la subir encore. Combien de temps ? ! Mon Dieu, aidez-moi à trouver la solution ! Je vais aller à l'église, peut-être que là, j'aurai la réponse. Mon départ approche trop vite pour envisager quoi que ce soit. Etre seule dix jours, ça va m'aider. Espérons qu'il ne se passera rien de grave pendant mon absence. Manu, on peut pas le virer de la maison, il est chez lui. Marie décide de partir le temps de mon absence. C'est déjà une bonne chose. J'ai fait la bêtise de laisser mes clefs à Germaine. J'appelle à la maison, histoire de prendre la température. Manu :

— Je lui ai repris les clefs. Elle s'est prise pour toi. Elle a attrapé le couteau pour me menacer, je lui ai mis une claque. Elle veut faire la loi chez moi. Elle a ramené des gens ici, ils ont dormi dans ton lit. Elle a trop tapé la confiance. Je te préviens, plus jamais elle met les pieds ici.

J'ai plus qu'une solution, me barrer de cet appart. Je vais me foutre dans la merde, mais il saura ce que c'est la vie.

J'arrive vers 19 heures à Paris. Marie m'attend à la maison. C'est elle qui a récupéré les clefs. Elle m'explique ce qui s'est passé. D'après elle, c'est Manu qu'a raison. Peut-être bien, mais il n'a pas à lever la main sur qui que ce soit. Il se prend pour le papa de tout le monde. Le soir, on discute de tout ce qui s'est passé depuis qu'on vit ensemble. Genre, c'est depuis que Germaine est là qu'il y a la merde. Ils ont raison mais j'ai promis que je la laisserais pas tomber. Je vais partir. Marie est décidée à me suivre. Elle ne veut plus être avec Manu. Dans l'immédiat, nous n'avons pas d'endroit où dormir. Il faut trouver une solution rapidement. Germaine m'appelle. Elle me sort l'histoire à sa sauce. Je ne l'écoute même pas. Je lui dis juste qu'avec le bordel qu'elle a foutu, il est préférable qu'elle ne mette plus les pieds ici. Elle me dit qu'elle n'a pas de tunes, qu'elle vit chez sa tante et qu'elles ne s'entendent pas très bien. Qu'y puis-je ? Je raccroche. Je dors seule. En vérité, ça me fait beaucoup de bien d'être seule.

Le lendemain, à la maison, tout va mieux : personne ne prend plus la tête à personne. On croirait une vraie famille, ça change. C'est donc bien que notre problème s'appelle Germaine. Ce matin, on déjeune comme si rien ne s'était jamais passé. Je prends des nouvelles de Germaine. Elle pleure mais elle ne dit pas pourquoi. Je ne comprends pas et d'ailleurs je m'en fiche. Dans l'après-midi, une de ses pseudo-amies téléphone. Elle me menace et me passe son cousin qui en fait autant. Je ne sais pas à quoi ça rime. Je les envoie se faire foutre tous les deux. Ils rappellent quelques heures plus tard, s'excusant et me demandant de venir dormir avec Germaine chez sa tante. J'accepte. Sans savoir trop pourquoi. Dimanche après-midi, je suis chez la tante de Germaine. L'amie qui a appelé, son cousin et Momo, celui que j'ai viré de chez moi, frappent à la porte. Leur histoire d'aller dormir en banlieue, chez la tante de Germaine, est un traquenard : ils veulent m'éclater. Quand je sors de l'appartement, je suis en caleçon et pieds nus. Je n'ai pas peur, ils le voient dès que je suis sur le palier. Pas un n'ose me frapper. Ils disent qu'ils veulent que je laisse Germaine, qu'ils me ramènent sur Paris. J'accepte, parce que j'en ai marre, et je les suis. En réalité, ils m'emmènent chez une autre tante de Germaine qui a porté plainte contre moi : j'aurais soi-disant obligé sa nièce à tourner des films, je la droguerais, etc. Ils regardent trop la télé ceux-là. Lorsque la tante me voit, elle hallucine. Ils lui ont peint un tableau qui n'a rien à voir avec moi. J'ai genre 33 ans, je mesure 1,70 mètre et je pèse 60 kilos. Ah oui, j'oubliais, je suis aussi forcée de faire faire des soutifs sur mesure car aucun n'est à ma taille.

La tante :

— Vous êtes Raphaella ?

— Oui.

— Montez dans ma voiture. Vous, vous la laissez tranquille, j'ai bien l'impression que vous m'avez raconté des conneries. Si ça ne vous ennuie pas, on passe chercher Germaine et on va chez moi.

— Non, allez-y.

De retour chez la tante avec Germaine, on s'explique. La tante :

— Ecoutez, mademoiselle, j'ai écrit une lettre au procureur de la République contre vous. Ils m'ont dit que vous forciez Germaine à tourner dans des films de cul, que vous lui donniez de la drogue. J'ai eu peur alors j'ai écrit.

— Germaine ne tourne pas de films et je ne touche pas à la drogue. Le reste, c'est ma vie, pas celle des autres. Alors ce que je fais ne regarde que moi. Concernant Germaine, je sors avec elle depuis quelques mois, c'est elle qui s'accroche à moi, pas moi. Elle m'a dit qu'elle ne tarderait pas à quitter ce monde à cause de son cœur, qu'elle devait être opérée dans moins d'un an et qu'elle y resterait. J'ai promis de ne pas la laisser parce que d'après ce qu'elle dit, même sa famille s'en fout de sa vie. Tout le monde veut s'en débarrasser. Elle dit que son oncle la touche depuis qu'elle est toute petite, que tout le monde le sait et que personne ne réagit. J'ai pitié d'elle, c'est tout.

— Comment ça, on se fout d'elle ? Germaine, tu plaisantes ?

Elle ne dit pas un mot, elle pleure. Je pense

que cette comédie a suffisamment duré. Sa tante propose que l'on dorme chez elle cette nuit. On dînera au restaurant. Demain, elle retirera sa plainte. Elle me trouve gentille, elle le dit. Au resto, j'en profite pour passer un coup de fil à la maison. Je ne veux pas inquiéter Marie. Je lui explique l'histoire. Elle me dit que je devrais rester sur mes gardes, que Germaine est mon ennemie, pas mon amie. Je lui réponds de ne pas dramatiser. Elle rigole. Je rentre à Paris seule. Sa tante, elle est marrante et très au fait des choses de la vie. En tout cas, elle m'a fait bonne impression. J'en discute avec Marie. Je regarde notre appartement, ce serait dommage de le quitter, mais je pense au calvaire de Marie. Les jours passent et nos relations avec Manu se détériorent. Il s'est acheté un couteau de boucher pour rivaliser avec moi. A en juger par un tel comportement, il doit vraiment me craindre ! Je trouve ça génial !

Les jours passent et rien de nouveau pour nous. J'ai un peu décroché avec le milieu. J'ai gardé assez d'argent pour ne pas travailler pendant deux mois. J'ai plus envie de me faire pénétrer. J'en souffre de plus en plus. C'est uniquement psychologique, la pénétration en elle-même ne fait rien, c'est ce qui a lieu autour qui me brise. J'ai des sentiments très forts pour les filles et me faire baiser par des garçons sur les tournages est un mensonge vis-à-vis de ce que je ressens vraiment au fond de moi. Le matin, tu te lèves, tu te fourres pour la énième fois ta poire de lavement dans le cul et tu nettoies l'intérieur. Tu réitères jusqu'à ce que ça soit propre. Rien que ça, ça fait mal. A chaque fois que je le fais, je me regarde dans la glace. C'est étrange, je me cambre pour qu'elle me pénètre. Je m'injecte la flotte et cours m'asseoir sur la cuvette, ça brûle le ventre. Après ça, j'ai besoin de me mettre sous la couette une heure pour oublier combien j'en souffre. Là-dedans, ça fait un vacarme fou. Aucune position ne convient. Tu tournes dans tous les sens mais y a rien qui t'apaise. Après quoi, tu te retrouves sur un set et tu suces, tu cambres. On te traite de salope, au nom de l'excitation, et puis quoi encore ? ! Rien ne vaut une telle souffrance. Même pas l'argent que t'y gagnes. Toute la journée tu fais la belle devant les autres : « Tu sais l'autre fois, j'étais sur *Hot Vidéo,* ils m'ont fait un super-article, par contre, les autres cons de *Connexion,* ils m'ont ratatinée comme une moins que rien. » Le pire, c'est qu'on est vraiment des moins que rien, et qu'on en rigole. On fait comme si on s'y croyait : les pseudo-stars entrent en piste !

J'ai la tante de Germaine au téléphone. Elle dit qu'elle veut bien nous héberger le temps de trouver un appartement. J'en parle avec Marie. Elle accepte, à contrecœur, parce qu'elle désespère de trouver autre chose dans l'immédiat. On emballe nos affaires pour que l'aventure continue, et nos vies avec. « Y a quand même un hic dans tout ça, me dit Marie. Vivre chez elle, c'est bien, mais y aura Germaine. » Serai-je capable de l'assumer ? Je vis là-bas quelques jours, mais je cherche sans relâche un autre pied-à-terre.

Le temps passe. Arrive le jour où la lettre adressée au procureur a fait son effet. Je suis convoquée. Pas de chance pour eux, je suis partie travailler au cap d'Agde. J'estime ne pas devoir annuler mon boulot pour une telle connerie. J'appelle et je leur dis qu'ils me verront la semaine prochaine.

— Vous avez plutôt intérêt à vous rendre à la convocation, sinon c'est nous qui viendrons vous chercher sur le tournage.

— Vous croyez que ça me fait peur ? D'abord, comment avez-vous eu mon numéro de téléphone ici ?

— On n'est pas flics pour rien.

Nous voilà au cap d'Agde, camp naturiste où il est mal vu d'être habillé, où sur la plage se préparent les plans « partouze » du soir. On y voit aussi des touristes allemands enchaînés, marchant à quatre pattes, traînés par une laisse que tiennent leurs femmes. Marie est avec moi au cap, accompagnée de son nouveau boy-friend. Il me tape sur les nerfs. Je ne peux m'empêcher de l'envoyer se faire foutre. Sous prétexte qu'il a de l'argent, j'ai l'impression qu'il se croit au-dessus de tout le monde.

— Ecoute-moi bien, il est clair que nous n'avons pas les mêmes valeurs, lui dis-je très ironiquement. Toi, chez toi, t'as une lampe qui coûte 12 000 balles. Moi, j'ai juste un halogène à télécommande. Peux-tu me dire ce que j'en ai à battre ? Tu vois, ce qui compte pour moi, c'est pas d'avoir plein de tunes à ne savoir qu'en foutre, mais de pouvoir m'offrir et offrir tout ce qui me plaît et plaît à mes proches. Alors, on va s'éviter, comme ça, il n'y aura pas de problèmes entre nous.

Marie éclate de rire et enchaîne :

— Je t'avais prévenu, quand tu parles avec Raphaella, faut toujours faire gaffe à ce que tu dis. Elle ne vient pas du même monde que toi. Tes tunes impressionnent certaines personnes, pas tout le monde !

Sur ce, je pars. Lui ne dit rien. Il est très vexé. Marie m'explique que jamais personne ne lui a dit en face que c'était un con. Il faut un début à tout.

Cet après-midi, nous sommes sur un bateau pour tourner. A peine on a largué les amarres, j'ai le mal de mer. Impossible de faire quoi que ce soit. Marie prend la relève. Elle assume la scène toute seule. Elle prend les godes, se les enfile devant, derrière. Et elle gueule de plus en plus fort :

— J'aime la baise au cap d'Agde.

Le Boss :

— Oui, vas-y Marie, lâche-toi ! T'aimes quoi ?

— La baise au cap d'Agde.

Après la scène, le conducteur du bateau nous refile les commandes. L'un après l'autre, on s'amuse à conduire. Ça fait comme si on faisait du jet-ski, on fonce à vive allure sur les vagues. Arrive le tour du photographe. D'entrée, il donne un grand coup d'accélérateur. Le bateau manque se retourner et nous avec. On a tellement eu peur de se noyer qu'on demande à revenir sur terre.

On rentre demain sur Paris. Pour notre dernier soir au cap, on retrouve Géraldine dans une boîte échangiste pour faire de la promo photos. Son frère styliste nous a prêté des fringues, plutôt des sous-vêtements. Le fait que je les porte lui offrirait un droit de passage dans les revues spécialisées. Dans cette boîte, il y a des cages où je m'enferme pour éviter que les gens se collent à moi et me touchent. Je passe la nuit avec Marie chez son boy-friend. Il demande à Marie de dormir dans sa chambre. Elle refuse. Elle est à moitié endormie dans mon lit, surtout très bourrée. Le matin, je dis à Marie que ce qu'elle a fait n'est pas bien. Personne n'accepterait ce genre de comportement, à commencer par moi. Je lui dis de prendre garde, il serait foutu de la planter là sans rien lui dire. Non pas que je l'aime, mais il aurait raison. Elle me rétorque que ça se réglera à coups de turlute. On se dit au revoir. Ils partent tous les deux à Saint-Trop.

A mon retour, j'appelle le BRP[1], nous nous fixons rendez-vous dans l'après-midi. Métro Cité, à 14 h 30. L'inspecteur est en retard. Son équipier lui a sans doute dit de prendre son temps, que je ne viendrais pas. Pas de chance, je suis là. Première question :

— Vous tournez dans les films X ?

— Oui, et alors ?

— Non rien, si vous m'aviez dit non, je vous aurais sorti cette cassette.

1. Bureau de Répression du Proxénétisme.

— Je n'ai pas besoin de mentir. Mais au fait, je suis là pour quoi ?

— Bien. Une lettre a été envoyée au procureur de la République disant que vous aviez forcé une fille à faire des films.

— Ah ouais, et donc ?

— Nous allons faire une déposition et tout sera réglé. Je ne vous vois pas dans ce rôle. Et le portrait qu'on a fait de vous ne ressemble en rien à ce que j'ai devant les yeux. Bref, commençons, ce sera vite fini.

— Allons-y.

— Vous connaissez Mlle B... ?

— Oui, je sortais avec elle.

— Vous sortiez avec, c'est-à-dire, vous étiez en couple ?

— Oui.

— D'accord, excusez-moi, j'étais pas au courant.

— C'est pas grave, y a pas de mal.

— Vous connaissez Momo, son petit ami ?

— De ce que je sais, il n'est pas son petit ami, et les problèmes ont commencé quand je l'ai viré de chez moi. Et oui, je le connais.

— Vous ne l'avez pas mise dans le circuit ?

— Je crois qu'elle est suffisamment grande pour le faire elle-même. Elle vivait chez moi. Je pars souvent à l'étranger pour travailler. Quand on appelle à la maison, rien l'empêche de prendre des contacts. Vous savez, cette fille a un gros problème de personnalité. Elle a tendance à se prendre pour moi. Elle s'est mise dedans toute seule et je vois pas très bien comment je pourrais l'en empêcher.

— Oui. Donc, ledit Momo n'est pas son petit ami ? J'insiste parce que c'est comme ça qu'il s'est qualifié.

— Je n'en sais rien. Elle m'a dit qu'ils sont amis depuis qu'ils sont gosses. Le reste, franchement je m'en fous. J'ai fait la connerie de sortir avec elle et c'est la seule faute que j'ai commise. En ce qui me concerne, l'histoire est close. S'ils sont ensemble, tant mieux pour eux. Moi, je veux juste me libérer d'elle, en fait rien ne me ferait plus plaisir.

Nous quittons le sujet et discutons du milieu, comme il l'appelle, de sa récente arrestation de Madame Claude. Nous nous quittons la main dans la main.

Quand je rentre, Germaine me demande comment ça s'est passé. Je lui réponds que je l'ai fait passer pour une moins que rien aux yeux de l'inspecteur. Ça n'a pas l'air de la toucher.

Je reçois un coup de fil de David. Il me dit qu'il a une production à me présenter, des Toulousains. Il leur manque une scène sur leur premier film et ils voudraient que ce soit moi. On se retrouve au Publicis des Champs pour la rencontre. Il leur a parlé de ma poitrine et c'est uniquement grâce à elle que je vais être prise. On s'accorde sur le prix et nous nous donnons rendez-vous le lendemain pour bosser. Le tournage aura lieu chez David. Il est content que je plaise : il n'aurait pas apprécié que ce soit une autre fille qui vienne chez lui. Vraisemblablement, je suis une personne pour qui il éprouve du respect. Tant mieux, car j'ai les mêmes sentiments pour lui. Sur le tournage, je fais la connaissance d'un journaliste de *Hot Vidéo*, Scott Beaumont. Il a une bonne tête. La scène terminée, il me dit que c'est la première fois qu'il assiste à une telle complicité entre comédiens et qu'à aucun moment il ne s'est emmerdé. Je lui réponds juste que toutes les filles qui tournent ne font pas que chercher le Hot d'Or. En tout cas, pas moi. J'aime bien David et lui aussi m'aime bien. C'est juste un plaisir payant. Scott sourit. La prod m'annonce qu'elle tourne un autre film dans un mois et qu'ils aimeraient m'y voir.

On se rappellera. Dans l'immédiat, j'ai rendez-vous avec Marie. On va encore s'acheter plein de fringues, comme d'hab. Un ami me téléphone pour me dire qu'il a appris que je cherchais une maison. Il a quelque chose pour moi. Un pavillon à Neuilly-Plaisance dans le 93. Je lui fixe rendez-vous pour demain. Je rentre chez moi, j'ai jamais été aussi heureuse de ma vie. Germaine ne s'attend pas à ce que je m'en aille si vite, et surtout sans elle. Plus rien ne me retient à elle, j'ai même vu une autre fille. Et l'oiseau s'envole. Marie est heureuse. On va avoir une maison rien qu'à nous. Ça fait longtemps qu'on attendait ce moment. Je dîne avec mon pote, il me fait visiter, me file les clefs. J'aimerais emménager tout de suite mais je dois d'abord aller en Italie une semaine pour un tournage. Je fais le tri de mes affaires, prépare mes valises, commence quand même à déménager deux-trois choses. Germaine n'est pas du tout contente. Elle cache mes affaires, veut m'empêcher de partir. Ça finit en bagarre. Ras le bol d'être gentille, il est temps de reprendre ma vie en main. Je suis toujours manipulée par les autres. On dirait que je suis sur terre pour les autres, jamais pour moi. Je craque. Je lui balance ma main sur le visage. J'ai dû y aller trop fort, je la vois tomber sur le canapé. J'ai peur de l'avoir assommée. J'ai envie de la tuer tellement je la hais. Je saisis son cou à deux mains et je serre. Elle devient rouge. J'ai peur, mais je n'ai plus envie de subir le malheur des autres. Quand elle est vraiment au bord de l'asphyxie, je lâche prise et lui jure que si elle ne me laisse pas tranquille, je la tuerai sans hésiter. Je rassemble quelques affaires et vais dans ma nouvelle maison. Quand je quitte Germaine, elle pleure. J'ai pitié, mais je ne me retourne pas. Je téléphonerai à sa tante pour ce qui est du reste de mes affaires.

Je passe ma première soirée dans mon nouveau chez-moi. J'avais oublié à quel point c'est cool d'être seule. Ne pas rendre de comptes à qui que ce soit. Je rigole, je me sens revivre. Je parle tout haut, sans personne pour juger ou interpréter mes paroles. Je suis grave excitée, en d'autres termes, je bande. Marie vient me retrouver au milieu de la nuit. Je ne dors pas, je profite de ce bonheur dont je rêvais. Avec Marie, on se soûle toute la nuit, on crie pendant que la musique défile à fond, pauvres voisins ! Au réveil, on file à la boulangerie s'acheter des croissants. Marie hallucine, je ne mange jamais le matin. Là où se trouve notre nouvelle maison, ça fait petit bled de campagne : bar-tabac, boucher, boulangerie et petit épicier. Je kiffe à donf. Un petit tour à la boucherie, on se prend des pâtés, des steaks, de bonnes bouteilles de vin, un dessert. Je compte bien profiter de cette solitude, à la petite mémère. Je pars dans deux jours, mais qu'est-ce que je suis bien. Je prépare mon départ. Marie m'accompagnera au train. Pour une fois, je resterais bien chez moi !

En Italie, je fais la rencontre d'une fille, Dalila, c'est une comédienne réputée du milieu. Le teint hâlé, de beaux gros seins, mais aussi une gentillesse qui se lit sur son visage, bref, tout pour me plaire. Elle est mariée. Dès que je la vois, j'ai terriblement envie d'elle. Son mari est au bar, je le rejoins et je l'avise direct. Il trouve ça génial, il me demande quand. En mon for intérieur, c'est « tout de suite ». Je lui propose le plus tôt possible — qui ne tente rien n'a rien...

Il éclate de rire, je lui paie un verre, on discute. Il va en parler à sa femme, elle a l'air d'accord, je suis contente. Elle a une paire de seins à réveiller un mort, pardonnez-moi l'expression.

Dans l'immédiat, j'ai une scène à faire. Rien que penser que je vais certainement la niquer me rend joviale, prête à baiser avec n'importe qui. Je m'imagine en train de lui saisir ses pêches, de les croquer, de les sucer. Puis de descendre lentement le long de son corps. Y glisser la langue, la masser. Je suis tellement excitée que sur la scène que je tourne, je me lâche. Je suis avec une fille qui n'a rien à voir avec elle.

J'imagine juste. L'autre s'y croit. Quand t'as une réputation de fille frigide, ça fait bizarre de t'entendre crier. Evidemment, je ne vais pas la vexer, même si elle n'est pour rien dans ma jouissance. En me la grattant, je serais arrivée au même résultat. Il y avait aussi un garçon dans cette scène, mais le pauvre n'arrivait pas à bander. L'autre fille a dû le sucer pendant des heures jusqu'à ce qu'il éjacule dans sa bouche. C'est dans ce même tournage qu'on me demande à moi aussi si j'accepterais une éjaculation faciale. Je refuse. C'est une demande de plus en plus fréquente, typiquement masculine. Un jour, c'était aussi en Italie, je me suis fait surprendre en fin de scène, en préparant l'éjac' de mon partenaire, j'avais la caméra braquée sur mon visage, et c'est parti ! J'étais super énervée. A partir de là, je ne l'ai accepté que des acteurs que je connaissais depuis longtemps, Philippe Soine, David Perry, Richie, jamais des autres, par suspicion et précaution. Je n'avais pas confiance en ces acteurs du X dont j'ignorais le passé sexuel. Scène terminée, je vais prendre la température auprès du mari. Elle est chaude, on se retrouvera ce soir dans sa chambre. On dîne avec toute la clique d'acteurs et d'actrices. Elle se joint à ma table. Elle me prend la main et la porte à sa bouche. Je trouve ça beau. Elle est douce, j'adore ça. Elle me demande à l'oreille ce que je compte lui faire. Je lui réponds « que du bien » et on rigole. Le repas terminé, on se donne une demi-heure pour se retrouver. Je file dans ma chambre. Direction salle de bains, je me douche, me parfume. Je me sens prête à lui faire l'amour. Il n'y a qu'un truc auquel je n'ai pas pensé, comment je vais m'habiller. Je passe plusieurs robes, j'enfile des porte-jarretelles mais non rien ne va, je me trouve moche. Je me dois de l'honorer. Je réfléchis et l'heure tourne. Je vais faire au plus simple, juste une serviette de toilette. Je traverse le couloir qui mène à l'ascenseur, j'arrive à sa chambre. Des gens m'ont vue pratiquement nue, mais je m'en fiche, j'ai une idée en tête et rien ne me l'enlèvera. Je frappe à sa porte. Elle m'accueille nue, me tend la main et me fait entrer dans sa chambre. D'un coup, je suis prise d'une timidité que je ne parviens pas à surmonter. Je bredouille un truc que moi-même je n'ai pas compris. Elle m'embrasse, j'en tombe la serviette, direction le plumard. Il ne faut pas que je perde mes moyens, pas devant une aussi jolie fille. Je me reprends :

— On peut boire un verre ?

— T'en as vraiment envie ?

— Non.

— Alors viens.

Je prends son visage dans mes mains et l'embrasse, je sens les larmes me monter aux yeux. Je ressens vraiment quelque chose pour elle. D'habitude, je ne suis pas comme ça avec les filles, je fais comme les garçons, je veux juste pouvoir dire d'une fille que je l'ai eue. Avec elle, c'est différent. Elle me demande de lui faire l'amour. C'est à moi de prendre les rênes. Je me sens petite à côté d'elle. Je m'engage. Je la caresse du mieux que je peux. Elle aime, elle me le dit. Jamais on n'a pris soin d'elle comme ça. Ma langue entre en jeu. J'ai peur de ne plus savoir m'en servir. C'est elle qui me guide. Elle m'attrape les cheveux, joue avec ma tête, ça m'excite tellement qu'en un rien de temps je la fais jouir. Je colle ma chatte contre la sienne et je me branle sans plus aucune pudeur pour venir à mon tour. Ce moment est magique. C'est la preuve que lorsque t'y mets du cœur, tu atteins les limites du franchissable. On reste allongées bras dessus dessous. Qu'est-ce que j'aimerais dormir avec elle. Juste pour sentir sa chaleur. Mais la raison m'en empêche. On est là pour le travail. Si nos destins veulent qu'on se retrouve, on se retrouvera. Elle me raccompagne à ma chambre, m'offre un cadeau. Je l'embrasse une dernière fois, ses derniers mots avant de me souhaiter bonne nuit ont été « on ne m'a jamais fait ça, on va se revoir ».

Il est 5 heures du matin, je me lève dans trois heures mais je n'ai pas envie de dormir, juste me souvenir de ce qui s'est passé cette nuit. Tôt le matin, j'apprends que ma scène est reportée de quatre heures. J'ai de la chance, j'en profite pour dormir un peu.

A mon réveil, la seule chose à laquelle je pense, c'est de lui offrir moi aussi un cadeau. Après le boulot, j'irai au centre-ville. Dans l'immédiat, j'ai une scène à faire dans une piscine, sous l'eau quoi. Il y a des fils électriques partout, apparemment c'est périlleux. Et comme par hasard, c'est un job pour moi. La scène débute, on est trois filles sous l'eau, on joue, on s'embrasse, puis arrive la tuile. Ils recouvrent la piscine pour je ne sais quelle raison. Les deux autres filles sont sorties de l'eau, je n'ai pas eu le temps. Je suis sous l'eau, personne pour me secourir. Ces connards refusent de retirer les fils. Si je reste sous l'eau, je me noie, si je sors, c'est l'électrocution. Cruel dilemme, dans les deux cas, je risque ma peau. Je ne bouge pas, je suis tétanisée. Il me semble que ça fait très longtemps que j'y suis. Je ne peux plus respirer. Personne ne réagit, ils s'en foutent tous, pourvu qu'ils ne se trouvent pas à ma place. Après quelques instants d'hésitation, je remonte à la surface, j'ai peur de griller, je sors quand même. Rien ne s'est passé. Je reprends mes esprits. En off :

— On la refait.

Moi :

— Je vais te refaire ta mère à toi, espèce d'enculé. J'aurais pu crever et tout ce que tu trouves à dire, c'est « on la refait ».

— *Sono qua per lavorare, Raphaella, é... come si dice ?* Le risque del lavoro.

— Tu sais quoi, le risque del lavoro, tu te le carres dans le cul, je me casse. Je suis dans ma chambre, t'as une heure pour me ramener la tune, OK ?

— *Non si puó, devo lavorare.*

— Allez, va te faire foutre, t'as une heure, t'es prévenu. Tchao, connard !

Une des filles :

— J'ai flippé pour toi, ça va ?

— Ecoute, lâche-moi, j'ai pas envie de parler.

Ils sont graves dans ce milieu, tu peux mourir, et tout ce qui compte pour eux, c'est la scène qui ne va pas se faire. Si une personne m'avait tendu la main, j'aurais continué le travail, mais ils se foutent de la gueule de qui ?

Dans ma chambre, le téléphone sonne, c'est le réal :

— Raphaella, excuse-nous, mais nous aussi on a eu peur.

— Et si j'étais morte, vous auriez fait quoi ? Vous auriez jeté mon cadavre loin du lieu de tournage, ni vu ni connu ?

— Non, carina, ils sont stressés, ils ont leurs preuves à faire.

— Au détriment de la vie des autres. Faut pas abuser. Tu sais, t'es pas en train de parler à une débutante. Je suis d'accord que c'est le film qui compte avant tout, mais comment tu fais ton film si les comédiens ne sont pas protégés ?

— Bon, viens me voir, on va discuter.

— Je dois faire ma valise et comme je l'ai dit, je pars. Il vous reste quarante minutes pour m'apporter mon argent.

— Et si je te le donne pas ?

— T'as envie que ça se règle con la polizia.

— Raphaella, tu ne vas pas me faire ça ?

— Je vais me gêner. Tu sais comment je suis.

— Je viens dans ta chambre, on va discuter.

— C'est pas la peine, sauf si tu viens avec l'argent. Bon salut, j'ai ma valise à faire.

Il me prend vraiment pour une conne ce mec, enfin. L'heure tourne, j'ai pas que ça à faire, je dois acheter un cadeau à Dalila. Un parfum me paraît approprié. Mes affaires rangées, je prévois un taxi, direction l'aeroporto comme ils disent. On frappe à la porte. Le réalisateur insiste une dernière fois. Je l'envoie balader.

Mais le plus important, je signe le contrat, j'empoche la paie. Et tchao !

Je prends ma valise et je file sans plus attendre. Parfumerie, j'achète *Paris*. Je retrouve mes potes au café du coin. Je tends mon paquet à Dalila. Sans savoir ce que c'est, elle me serre très fort dans ses bras et me propose ses jambes pour m'asseoir. Elle est trop classe cette fille ! Je m'installe. Elle est déçue que je m'en aille si vite. On échange nos numéros. Dès qu'elle sera à Paris, elle m'appellera. Malgré tout, ce tournage m'a offert quelque chose d'important, Dalila. Avant de partir, elle m'embrasse et me fourre sa langue au vu de tout le monde. Ça me plaît. On se quitte comme ça. Mon taxi est là. Retour à Paris.

Je suis contente de retrouver mon petit chez-moi et ma petite Marie. Je lui raconte mes périples. Elle me donne raison d'être partie, n'importe qui aurait agi pareil. Elle n'a pas fait grand-chose depuis mon départ, elle n'est même pas sortie, c'est pas son habitude, serait-elle malade ? Dalila m'a filé un poster dédicacé, je le pose sur le mur, face à mon lit. Mon copain Richie m'appelle. Demain, il part sur un tournage au Portugal, il manque une fille et il m'a proposée. Il me dit d'appeler le réal pour le rendez-vous. On se retrouvera demain Porte de Saint-Cloud, aux Trois Obus, comme d'hab, pour le départ. Marie dit qu'elle en a marre que je parte comme ça, tout le temps. Qu'est-ce que j'y peux si les gens apprécient ma manière de travailler ? Jamais en retard, je m'en tiens toujours à ce que je peux faire, etc. Elle me souhaite bon tournage. Je m'inquiète pour elle, a-t-elle de l'argent ? Il y a longtemps qu'elle n'a pas travaillé. De quoi peut-elle bien vivre ? Je lui refile de la tune, qu'elle puisse manger en mon absence. Elle me remercie. Elle n'osait pas demander. Je suis sa grande sœur et je dois veiller sur elle. Elle a la maison, de quoi manger, sortir et s'acheter des trucs qui lui font plaisir. Comme ça, je pars assurée qu'elle ne manque de rien. Elle dit qu'elle ne sait pas ce qu'elle ferait sans moi. On dîne sagement, j'ai déjà préparé ma valise, j'ai plus qu'à dormir. D'après ce que j'ai compris, on part en voiture, on fera une halte dans un hôtel près de Perpignan. Un couple d'acteurs nous y retrouvera. Puis, on roulera non stop jusqu'au Portugal.

On arrive sains et saufs à destination. Là, la prod portugaise nous a préparé une soirée avec présentation de leurs équipes d'acteurs. La soirée se passe formidablement bien. C'est le matin, je suis sous la douche. Je prends toujours bien mon temps pour tout ce qui concerne l'hygiène. Une fille qui est arrivée ce matin frappe. Elle lance une sale vanne à travers la porte. Je réponds même pas et prends encore plus mon temps, pour lui montrer que je l'emmerde. Une heure après, je daigne enfin sortir. Elle attend devant la porte et me fixe avec un regard noir.

— Tu pourrais avoir de l'égard pour les autres.

— Si tu avais demandé gentiment, je serais sortie tout de suite. Vu comment tu parles, je suis pas prête à faire des concessions. Salut.

Je retourne dans ma chambre, pour qui elle se prend celle-là ? Je me renseigne auprès des personnes qui sont ici.

— C'est qui cette fille ?

— Tu connais pas, c'est Jade. Elle fait la couverture d'*Hot Vidéo*. Elle ne va pas tarder à être la star.

— Ah ouais, ben sa star, elle la fera sur un autre tournage. Qui vient avec moi prendre un petit déj ?

Jade m'interpelle :

— Excuse-moi pour tout à l'heure. J'ai un problème de vessie et je ne dois normalement pas me retenir.

— C'est pas grave, je m'appelle Raphaella, enchantée. Tu viens déjeuner avec nous ?

— Oui, j'arrive.

Dans le fond, elle doit être sympa. On squatte un petit bar près de l'immeuble. On explique à la patronne qu'on n'a pas d'escudos sur nous mais que dès que la production sera là, la note sera réglée. La dame a vécu à Lyon quelques années, elle sait que ce n'est pas facile de se retrouver à l'étranger et elle accepte sans hésiter. Nous nous gavons tellement nous avons faim. Il est quand même plus de midi. Nous nous demandons à quelle heure commence le tournage : la réalisation doit encore dormir. Que faire en attendant ? Le producteur arrive, il nous retrouve dans le bar. Il nous dit qu'il faut manger, prendre des forces, alors on commande de nouveau. Lui, il a quelques détails à régler avec le réal. Paraît que la télé portugaise veut nous interviewer. Ça a l'air d'être un événement ici, ils en font toute une montagne. D'après ce que je comprends, c'est la première fois qu'un film de cul est tourné dans ce pays. Le prod nous souhaite bon appétit. Au passage, il nous remercie de la façon dont on a accueilli les petits jeunes du coin qui ont passé la soirée avec nous et sont censés tourner demain. Nous, nous continuons à nous gaver : à croire que ça fait des années qu'on n'a pas mangé ! C'est la belle vie, ici. Et puis, il y a la mer à deux pas, que peut-on rêver de mieux ?

L'heure tourne, il est temps de passer aux choses sérieuses. Les jeunes Portugais ont du mal. Dès la première scène, pas un ne parvient à bander : ils défilent l'un après l'autre. Ça va pas être une partie de plaisir pour nous. La comédienne qui travaille est très patiente. Ils ont de la chance. Moi, je ne prendrais pas le temps de les sucer trois heures dans le vent. Le réal commence à s'énerver. Faut dire qu'on n'est pas vraiment habitués à ce genre de perte de temps inutile. Il fait une pause et décide que la scène s'arrête là. La prochaine, ce seront Jade et Richie qui la feront. Pendant ce temps, je vais glander près de la plage. Je me prépare mentalement à ma scène, j'ai moi aussi droit à un Portugais : je suis sur le toit d'un immeuble en train de prendre une douche (!), un garçon me rejoint et on conclut. Apparemment, je suis une chanceuse, le garçon assure très bien. J'avais la flippe qu'il n'y arrive pas. Après ça, repas et dodo.

On est réveillés en pleine nuit. Stéphane, le photographe d'*Hot Vidéo,* fait des siennes. On entend quelqu'un crier. Nous, on pense qu'il est en train de se battre avec Scott. On va pour intervenir et, surprise, c'est le photographe qui pète un plomb. Il est debout sur son lit, en train de traiter son patron de tous les noms, pourtant, il a les yeux fermés : bref, il est en pleine crise de somnambulisme. Scott a peur, il pleure. Du moins, j'en ai l'impression : il n'y a pas beaucoup de lumière dans la pièce. Il me demande timidement s'il ne pourrait pas dormir avec moi. J'ai un grand lit et je suis seule, j'accepte. Stéphane a recommencé deux ou trois fois dans la nuit. Personne n'est rassuré. S'il prenait l'un de nous pour son patron, il serait capable de le tuer.

Le matin, nous avons du mal à nous lever. Il le faut pourtant, on a du pain sur la planche. Le réal vient nous voir. Il y a un problème, les Portugais ne veulent plus bosser, et le pire, c'est qu'ils refusent d'être dans le film mais réclament quand même l'argent de leur scène. Du coup, nous, nous avons travaillé pour rien. On s'est plus ou moins forcés à tourner avec des gens qu'on ne connaissait pas, à subir leur incompétence, tout ça pour des prunes. C'est le genre de truc qui me dégoûte. Le prod nous dit qu'il se charge d'en trouver d'autres moins cons. C'est loin de nous faire plaisir. J'ai pas envie de m'en taper un autre. Le réal, lui, préfère faire venir un acteur français. On est tous à la recherche de quelqu'un qu'on apprécie. Richie propose Philippe Soine. Moi, je suis pour. Je l'aime bien ce type. Je lui trouve une certaine douceur. Il a toujours su faire preuve à l'égard des actrices d'un véritable respect. Et puis, on pourra se raconter des anecdotes d'antan. C'est l'un des deux premiers acteurs avec qui j'ai commencé, le monsieur avec le bouc. Il est disponible, il arrive. Fini le tournage catastrophique.

Vers midi, on est déjà en train de squatter le petit snack d'en bas. Nous nous goinfrons de poulets. Dans moins de deux heures maintenant, Philippe sera là. On pourra travailler pour de vrai, ne plus faire des scènes à contrecœur. Cet après-midi, on part en bateau je ne sais où pour bosser. Au retour, Richie et moi nous disputons : il n'avait pas de serviette de toilette, je lui en ai prêté une et quand je la lui réclame, il la balance par terre aux yeux de tout le monde et me dit de la ramasser. Une remarque qui me déplaît fortement : je ne suis pas une ou plutôt *sa* chienne. Lui, il sourit, il a l'air très fier de lui. Je lui dis :

— La serviette, tu la ramasses toi-même et tu me la donnes.

Il continue à jouer le fier, ça m'énerve, j'ai envie de lui balancer mon poing sur la figure, je réitère ma demande, plus menaçante :

— T'as deux secondes pour la ramasser, sinon ça va mal se terminer.

Là, il joue moins le fier, il la ramasse et la balance dans ma direction. Je l'attrape et lui dis :

— Je peux te garantir un truc, toi et moi, on ne sera plus copains à partir de maintenant. Et ne compte pas trop travailler avec moi.

— Pourquoi tu le prends mal, me lance-t-il, toujours avec son sourire à la con.

— Va te faire foutre !

J'ai le regard haineux. Il se prend pour qui ? Depuis que Jade est là, ils ont une idylle. S'il espérait que j'en serais jalouse, s'il croyait que je serais prête à n'importe quoi pour être dans ses bonnes grâces, il se trompe de personne ! Il est vrai que j'aime travailler avec lui, c'est un homme doux, mais il est loin d'être le garçon idéal pour moi. Dans ce milieu, les mecs croient que les choses que tu dis quand tu travailles sont une ouverture pour la nuit à venir. Encore faut-il que tu les penses vraiment. Moi, je suis du genre fidèle, c'est pour ça que je bosse souvent avec les mêmes personnes. Ça ne signifie pas que je suis amoureuse d'eux. Ça m'aide seulement à construire les scènes, ne pas faire semblant d'avoir du plaisir. S'ils savaient que lorsqu'ils me baisent, c'est systématiquement à quelqu'un d'autre que je pense, ils joueraient moins les malins.

Pour les besoins du film, notre dernière scène de la journée se fera dans une discothèque, style club à partouze. Il y a de la sodomie dans l'air. Je n'ai pas préparé mon derrière, j'interpelle Philippe :

— Hé, chéri, tu me rendrais un service, s'il te plaît ?

— Que puis-je faire pour toi ?

— Je voudrais être certaine de ne pas avoir de surprise pendant la scène et j'ai pensé que tu pourrais venir avec moi aux chiottes, histoire de vérifier s'il n'y a pas des invités surprises dans mes fesses.

Il éclate de rire et me dit qu'il sera ravi de faire ça pour moi. On file aux toilettes, Stéphanie, l'une des comédiennes, lui demande d'en faire autant avec elle.

— Vous savez, ce qui m'éclate dans ce milieu, les filles, c'est qu'il m'arrive souvent ce genre d'aventure avec les actrices, et pourtant, je suis loin d'être le plus beau.

— T'es adorable, c'est ce qui fait ton charme mon petit Philippe, lui dis-je.

Sur ce, je m'accoude au lavabo, je suis prête à recevoir son phallus. Il entre en moins de deux, fait quelques mouvements et ressort. Rien à signaler, je suis contente. Je l'embrasse en guise de remerciements. Quand il en a terminé avec nous, il nous dit :

— Si vous avez d'autres services à me demander, n'hésitez pas, je suis votre homme.

Richie a bien observé le manège et me lance :

— T'as pas honte de faire ça, je pensais que c'était le genre de choses que tu me demanderais à moi, pas à lui. Tu crois que je vais être jaloux de lui ? Si tu préfères les vieux, t'as le droit. J'adore la façon que tu as de me remercier de t'avoir fait venir ici.

— Ce que je préfère, c'est les gens qui respectent les autres. Pour ce qui est de ce tournage, j'aurais préféré ne pas le faire, ça a cassé l'amitié que j'avais pour toi. Mais en même temps, c'est un mal pour un bien : aujourd'hui, je sais ce que tu vaux. Salut !

Le réal :

— Vous êtes prêts, faudrait commencer. Je vous explique la scène. Vous venez faire la fête, je veux que les filles dansent pour les garçons, vous vous déshabillez et les garçons, vous prendrez le relais. Ça vous va ?

Personne ne répond. Place à la musique et action pour tout le monde. Richie essaie de m'attraper. Je l'évite comme la peste. Je file tout droit sur Philippe. C'est avec lui que je veux travailler. Richie recommence à plusieurs reprises mais sans résultat. Le réal voudrait que je suce Richie, je fais mine de ne rien entendre et continue avec Philippe. La seule façon d'y échapper, c'est de me faire pénétrer, je monte donc Philippe. Le réal dit au caméraman de filmer notre scène. Je lance un regard vers Richie, je vois que je l'exaspère. Il lâche Jade avec qui il était en train de travailler et dirige sa bite vers moi. Depuis quand il se prend pour le réalisateur celui-là ? En vrai, sur ce genre de tournage, avec de tels réals, tout le monde fait ce qu'il veut. De vrais « faux pros ». Le réal l'arrête :

— Non, la scène est bien comme ça.

— Tu veux pas qu'elle me suce en même temps qu'il la baise, ça serait une plus belle image ?

— Non, non, j'ai besoin de son visage, on voit bien qu'elle ne fait pas semblant. Occupe-toi de Jade.

Il retourne s'asseoir, le réal fait signe qu'ils arrivent sur eux. Je suis contente de l'humiliation qu'il vient de subir à son tour et tout comme moi, devant l'assemblée. Philippe me dit qu'il veut s'attaquer à Stef. On s'embrasse et il la rejoint. Me voyant sans cavalier, Richie laisse Jade. Le réal :

— Merde Richie, on était en gros plan sur toi, remets-toi en place, vos histoires, vous les réglerez plus tard, ici on bosse !

J'éprouve de la peine pour lui, il s'en prend plein la gueule, tout ça à cause d'une serviette de bain. Sur ce, Philippe revient à moi. Mais Richie l'a devancé. J'ai pas le choix, j'ai la caméra en plein sur nous. Richie me dit :

— Tu vois, finalement, je t'ai eue.

— Oui, mais à quel prix ?

Il fait signe à Philippe de venir. Il me prend les fesses. J'aime pas les trucs qui se font sans mon accord mais je suis toujours filmée, je ne peux rien dire. Je pourrais l'empêcher d'entrer mais comment lui faire ça, lui qui a été si gentil avec moi. Les deux ont éjaculé en même temps. Fin de la scène, victoire pour Richie. Jade n'a pas du tout apprécié ce petit jeu. Elle vient me voir :

— Il se passe quoi entre vous ?

Je ne réponds pas, elle enchaîne :

— Tu sais, c'est pas évident pour moi de voir mon mec courir après toi. Je veux bien comprendre que c'est le boulot qui veut ça, mais pas à ce point. Tu ne sors pas avec lui ?

— Tu sais, si t'as un problème, c'est pas avec moi qu'il faut le régler mais avec lui. En tout cas, une chose est certaine, je ne sors pas avec lui et ça ne risque pas d'arriver demain.

— Ça me rassure. Enfin, c'est mon tour de finir ma scène, à plus.

Je file me laver. Richie est dans un coin de la boîte et il sourit bêtement. Pendant la nuit, on a encore eu droit au somnambulisme du photographe. On flippe de ses réactions, et évidemment, la peur nous empêche de dormir. C'est pas très bon pour le travail. Le prod n'a pas assez de liquide pour nous payer correctement, mais il nous règle la différence en chèques portugais. Il est vraiment content du film, et dans l'ensemble on a passé une bonne semaine.

Retour à Paris. Marie a repris les études à la fac, elle s'est lancée dans le droit civil. J'ai déjà un autre tournage de prévu, à Hambourg. Tout s'enchaîne. On me connaît, on m'appelle, le « bouche-à-oreille » fait le reste. Marie est conviée à m'accompagner. Je suis contente, je ne serai pas la seule Française là-bas. On part en voiture avec un caméraman. La veille du départ, Marie veut me faire un plan à deux balles, elle ne veut plus venir. Je l'enferme à la maison pour être certaine qu'elle sera à l'heure pour le départ. On se retrouve chez le caméraman comme prévu. Il nous offre un café et nous balance :

— Les filles, je vais aller droit au but, on part en voiture alors pas de shit à bord.

Moi :

— Vas-y, tu nous prends pour qui ? On ne fume pas ces merdes.

— Ne le prends pas mal, Raph, je veux juste éviter les problèmes.

— Tu nous prends pour des droguées ?

— Mais non ! Bon, laisse tomber.

— Non, toi laisse tomber, j'aime pas ces insinuations.

Départ. Il faut arriver avant 20 heures pour pouvoir manger sur place. L'hôtel où nous sommes est très sympa. Marie et moi partageons la même chambre. On doit être prêtes à 9 heures. Nous n'y voyons pas d'objection. Il paraît que c'est un film hyper important. Cinq équipes de réalisation, sept maquilleuses, une trentaine d'acteurs, et forcément un gros budget — un film de la Wolfang Brother Production. On est les deux seules à rire et à écouter de la musique. Tous les autres tirent des gueules d'enterrement. A croire qu'ils sont obligés d'être là. Avec notre comportement, on devient vite les préférées du tournage. Les acteurs allemands et hongrois ne demandent qu'à bosser avec moi. C'est marrant, eux parlent un pseudo-anglais mélangé à de l'allemand, mais nous nous comprenons sans difficultés. Comme quoi, le sexe est vraiment la seule langue universelle dans ce monde. Ce qui m'éclate le plus, c'est la jalousie de certaines filles. Elles nous traitent de tous les noms. Il y en a même une qui a sorti que notre réputation était bien fondée : « Les Françaises sont toutes des putes. » Avec Marie, nous ne relevons même pas. Ce silence est notre grande force. Le réal nous observe. Il sait qu'on a très bien compris ce qu'elles disent et voit que ça ne nous touche même pas. Au final, on gagne du travail en plus et donc de l'argent, tandis qu'elles travaillent moins. Les filles en sont d'autant plus énervées. Nous, on rigole et on danse. Marie a essayé une approche avec l'une d'elles, mais sans résultats. Elles n'ont vraiment pas d'humour.

Puis survient le problème de la couleur de la peau. Un des comédiens dit au réal qu'il ne veut pas toucher Marie. Elle a tout de suite compris. Ça lui fait mal, cela se voit dans son regard. Marie est humble, elle ne dit rien. A sa place, je lui aurais foutu une gifle mais elle, elle ne veut pas faire d'histoires. Le réal le prend à part :

— Tu prends tes affaires et tu te casses. Depuis quand les merdeux dans ton genre décident ?

L'autre s'excuse. Mais c'est la première fois qu'il doit travailler avec quelqu'un qui n'a pas sa couleur, ça le gêne soi-disant. Le réal lui demande de présenter des excuses publiques à Marie. Il s'exécute. La scène reprend, après quoi ce connard ne jure plus que par Marie. La fille avec qui il préférait jouer n'est plus qu'une incompétente à ses yeux. C'est à peine s'il s'est aperçu qu'elle existait, ce qui ajoute une ennemie à Marie. Mais, le travail a ses risques, et puis, on n'est pas là pour se faire des copines. Sur ce, Marie a une autre scène, qui a l'air d'être périlleuse. Sur un lac, dans une barque. Comme par hasard, seuls les Français sont à bord. L'équipe technique reste à quai. Tout se fait au milieu du lac. Il y a juste un gros hic auquel personne n'a prêté attention : la barque est percée.

— Au secours, on va se noyer, y a de l'eau partout ! crie Marie.

Un Allemand :

— Ah, ah, ah ! *Titanic ! Titanic !* ah, ah, ah !

Ce sale con trouve ça marrant. Personne ne veut se mouiller. Marie se jette à l'eau et regagne le rivage. L'autre ne bouge pas. Apparemment, il préfère couler. Marie, quand elle est à quai :

— Notre vie compte pour rien ! La scène se fera sans moi.

C'est la première fois qu'elle réagit comme ça. D'habitude, c'est la petite fille qui ne se fait pas remarquer. L'autre prend conscience que personne ne va le secourir, il saute à son tour. En moi-même, je me dis que, heureusement, ce n'est pas à moi que c'est arrivé, je me serais noyée. Personne n'ose dire quoi que ce soit à Marie, tout le monde rentre.

Il ne nous reste plus qu'une journée à tirer. Demain soir, je dois être sur le tournage du Big Boss. Le réal allemand voudrait que l'on reste encore un peu. J'aimerais bien, mais pas question de planter mon Big Boss. On finit par un set photo de Marie et moi immortalisées en statue de la liberté. C'est très joli, mais sans rapport direct avec ce que l'on représente ! On termine vers 3 heures du mat et il y a cent bornes à faire pour arriver à l'hôtel. On aura juste le temps de faire nos valises et de prendre le train.

Au moment de la paie, nous rappelons à la prod les scènes supplémentaires. Ils ne rechignent même pas. Le réal, qui n'est pas là, passe un coup de fil à sa secrétaire pour nous faire savoir qu'il a été heureux de travailler avec nous et qu'il aimerait bien qu'on revienne. J'ai toujours aimé partir en laissant une bonne impression de mon passage.

Dans le train, le petit ami de Marie l'appelle. Ça fait une semaine qu'elle n'a pas donné signe de vie. Il est très en colère. Elle le bassine en lui disant qu'elle était partie seule en Hollande. Quelle connerie elle n'a pas faite ! Les douaniers passent au même moment. Ils la laissent terminer sa conversation, puis toc, toc, toc !

— Bonjour mesdemoiselles, douane française, veuillez présenter vos papiers d'identité.

Moi, pas au courant de l'histoire :

— Y a un problème ?

— Vous revenez d'où ?

— D'Hambourg, pourquoi ?

— On a entendu la jeune demoiselle dire qu'elle revenait de Hollande. Vous fumez quoi ?

— Du shit, ça ne se voit pas ?

Je leur réponds en lui montrant ma cigarette. Ils n'apprécient pas trop mon insolence :

— Vous faisiez quoi à Hambourg ?

Marie et moi en même temps :

— On a passé des vacances avant de reprendre les études.

— On a tourné un film....

— Il faudrait vous mettre d'accord, les filles. Peut-on voir vos valises ?

Ils fouillent celle de Marie en premier et trouvent une grosse somme d'argent :

— C'est quoi ça ?

Moi :

— Ben, ça se voit, c'est de l'argent.

A son collègue :

— On ramasse l'argent.

Moi, super énervée :

— Depuis quand c'est illégal d'avoir des sous sur soi ? Vous savez quoi ? On a tourné un film de cul et cet argent est déclaré, vous n'allez rien prendre du tout.

— Votre valise, mademoiselle.

Je prends mon sac, je balance le contenu sur ses pieds :

— Comme ça, vous êtes satisfaits ?

— C'est quoi ces photos ?

— Ça se voit pas ? C'est elle et moi à poil !

— Et si on vous embarquait, vous pensez que vos parents vont venir vous chercher ?

— C'est hors de propos, y a rien d'illégal à prendre le train, actrice de porno ou pas, allez faire chier ceux qui trimbalent quinze kilos de shit sur eux.

— Bon, pour cette fois, nous ne ferons rien. Mais attention, la prochaine fois, on sera moins gentils.

— Moins gentils, vous vous prenez pour qui ? Il se peut qu'on reprenne ce train un jour, et qu'on tombe à nouveau sur vous : je vois pas ce qu'on risque !

Ils quittent notre wagon. Marie a eu très peur. Après un long silence, elle me dit :

— T'imagines, ils auraient pu prendre tout mon argent, je me serais fait enculer pour rien toute une semaine !

J'éclate de rire.

Arrivées à Gare de l'Est, on se sépare. J'appelle le Big Boss pour le prévenir de mon arrivée. Ils m'attendent sur le lieu de tournage. J'y serai dans une petite demi-heure. Lorsque j'arrive, ils sont en train de dîner. Je suis tellement fatiguée que je m'endors rapidement. C'est un sommeil léger et j'entends les gens parler de moi : « Comment ça se fait qu'elle s'endorme si vite ? On ne la connaît pas comme ça. » C'est le Big Boss qui répond : « Elle travaille tellement qu'elle est hyper crevée, j'espère qu'elle sera bien reposée pour demain. » Il dit à son assistant de m'accompagner à l'hôtel.

Le lendemain, je suis la première debout. J'ai hâte que ce tournage se termine pour pouvoir profiter de ma maison et me reposer vraiment. J'ai étrangement besoin de remettre les pieds à L'Entr'Acte, l'ambiance de là-bas me manque terriblement. Mais, j'en ai encore pour quatre jours. Je suis aussi un peu paniquée : il y a plein de nouveaux sur le tournage et j'ai beaucoup d'argent sur moi.

J'attaque en première scène. Evidemment, les portables sont débranchés. Quand je rallume le mien, j'ai un message de Germaine. Je l'efface sans même l'écouter. La scène finie, mon portable sonne, je réponds, ça raccroche. Ça a duré près de deux heures. Je sais bien que c'est elle. Elle n'a même pas le culot de m'affronter de vive voix, qu'elle aille se faire foutre ! En milieu d'après-midi, Jade arrive. On est heureuses de se retrouver. On se raconte nos histoires de travail. Elle sera sur le même tournage que moi à Toulouse, j'en suis contente. Nous allons peut-être devenir de bonnes amies ? Même cinéma avec mon portable, là je craque et j'envoie Germaine se faire foutre. Elle n'apprécie pas, du coup elle quitte son silence. Je lui dis d'aller au diable, mieux vaut pour elle qu'on ne se croise pas car je serais capable de la buter. Elle se met à m'insulter. Jade prend le téléphone :

— Ecoute bien, petite merde, reste tranquille ! Là, t'emmerdes une meuf qu'a plein d'amis prêts à faire n'importe quoi pour elle. Tu veux te mesurer aux gens du milieu ? Fais gaffe, on pourrait retrouver ton cadavre dans la Seine ! Raph et moi, on viendra sauter à pieds joints sur ta tombe, connasse, alors maintenant, va te faire foutre !

Sur ce, Jade raccroche. J'ai beaucoup aimé son attitude. Je l'embrasse. Le Big Boss a vu que j'étais très en colère, il me sert un verre de vin, me dit de le boire, je suis toute blanche, ça me redonnera un peu de couleur :

— Hé, chérie, te laisse pas miner par cette merde. Tu vois, tout ça est de ta faute, combien de fois je t'ai dit que tu n'étais pas faite pour ce genre de vie. Les gonzesses, c'est de la merde. Des filles ici, y en a plein, fais ton choix, je te les offre, mais laisse tomber les autres. Bois ton verre et prépare-toi, ça va être à toi.

Et il m'embrasse. Pour ma peine, j'ai trois nanas à niquer, avec le gode-ceinture. C'est pas une scène très facile, mais elle me change les idées et ça, c'est important. Après la scène, la make-up me dit que Germaine a rappelé, qu'elle lui a répondu qu'elle se trompait de numéro et qu'elle serait aimable de ne pas rappeler. Elle en a éteint mon portable tellement il sonnait. Je le rebranche. Message, c'est encore elle. Je la rappelle, très en colère.

— Tu sais quoi, je baise avec quinze mille gonzesses, je leur lèche grave la chatte. Elles aiment. En plus maintenant, j'ai une nouvelle petite amie. Ta gueule de travelo, je ne peux plus la sentir. Alors si j'ai un conseil à te donner, reste gentiment loin de ma portée ou tu risques gros. Au fait, y a pas que toi qui risques, n'oublie pas que j'ai les coordonnées de ta famille.

Je ne lui laisse pas le temps de parler, je raccroche.

Jade me conseille de changer de numéro, mais la ligne est au nom de sa tante, et si je change le numéro, le courrier de confirmation arrivera directement chez elle, donc Germaine le saura. Et si je coupe la ligne, ou si j'en prends une nouvelle et que je me mets sur liste rouge, plus personne ne pourra me contacter, je suis piégée.

J'enchaîne verre sur verre, puis bouteille sur bouteille, je ne me maîtrise pas. Il faut que je me reprenne, sinon, je vais me mettre le Big

Boss à dos. Il ne peut pas accepter ce genre de manifestation.

Je n'ai jamais été une source de problèmes sur les tournages, c'est aussi pour ça que les gens m'aiment bien. Il n'y a pas de raison que ça change maintenant. Je décide de ne plus décrocher mon portable et de rappeler après avoir écouté les messages.

Le tournage se termine plutôt bien. Là, j'ai une semaine devant moi pour me reposer avant de partir à Toulouse. Un pote m'appelle en milieu de semaine. Un Espagnol voudrait travailler avec moi, mais pour dépenser moins d'argent, il demande que le tournage ait lieu chez moi. J'accepte. Ils viendront demain vers 17 heures. Je préviens Marie et je lui dis que j'aimerais qu'elle ne soit pas présente. Elle me trouve bizarre. Elle a l'habitude de me voir nue, de me voir travailler même, mais, dès que quelque chose se situe chez moi, j'ai une attitude différente. D'ailleurs, ce sera une première : jusqu'à présent, y compris dans ma vie privée, il était exclu que qui que ce soit se livre à une activité sexuelle à la maison, moi la première : ma maison est un lieu pur, sacré, c'est mon église, mon havre de paix. En fait, je constate que je m'emmerde à mourir quand je ne travaille pas.

J'ai déjà vu Olivier, le réalisateur espagnol, en photo, je le trouve beau. Je suis sûre qu'on deviendra copains tous les deux. Mais voilà qu'il arrive en retard, c'est déjà un mauvais point pour lui. Il demande pour le début de la scène que je me trimbale dans ma rue, habillée en pute : il rêve ! J'habite ici, pas question de m'afficher dehors. Il fait celui qui ne voit pas où est le problème :

— Ecoute Olivier, c'était une mauvaise idée de te faire venir ici. On arrête là.

— Pourquoi, qu'est-ce qui ne va pas ?

— Tu sais, ici on n'est pas en Espagne. J'habite ici, les voisins me connaissent, j'ai pas envie qu'ils sachent comment je gagne ma vie.

— OK, je ne comprenais pas, te prends pas la tête, on va faire autrement. Ça te convient ?

— Tout dépend de ton « autrement ».

— On ne bougera pas de la maison. C'est mieux ?

— Bon, OK, perdons pas de temps, allons-y, j'ai d'autres choses à faire et comme t'es venu en retard, ça me met en retard également.

En moins d'une heure, il a sa scène, il est content. Il me dit qu'avec moi, il n'y a rien à jeter. Il veut me faire venir en Espagne, il me dit que je pourrais gagner plein d'argent. Je le remercie mais je ne suis pas intéressée.

Germaine continue de m'appeler sans arrêt. Ce n'est plus vivable, je lui fixe rendez-vous à Châtelet. Qu'elle comprenne bien qu'il n'y a plus rien à espérer, que tout est véritablement terminé. Il va falloir qu'elle s'y fasse. Marie s'est trouvé une petite copine, Morgane. Elle est tout le temps fourrée chez elle. D'après le tableau qu'elle me dresse, cette fille est bien. Elle voudrait que je la rencontre. Je suis pour, mais plus tard : je pars demain sur Toulouse. Marie me dit qu'elle en a marre de me voir partir. Elle se perd de plus en plus. Je ne peux rien faire. Il arrive un moment où il faut s'assumer, elle l'a compris et me dit qu'elle veut essayer de s'en sortir seule, qu'elle se trouvera un travail pour subvenir à ses besoins. Je n'ai pas le cœur de m'en aller en la laissant démunie. Un jour, elle me le rendra, j'en suis sûre.

J'arrive vers 15 heures à destination. Le producteur et l'ex-petit ami de Jade viennent me chercher. Il paraît qu'ils ne sont pas en bons termes ces deux-là. La prod a peur que ça complique les choses sur le tournage, d'autant qu'ils ont des scènes ensemble. Le scénar est un remake du *Bonheur est dans le pré* : *La baise est dans les prés*. Dès que l'équipe est au complet, on file dans un chalet situé dans le Gers. Arrivés devant le chalet, les clefs ne sont pas les bonnes : que faire ? Le Boss dit qu'il faut casser une fenêtre. C'est chose faite. Tout le monde s'empare d'une chambre. Moi, je veux dormir dans la pièce où il y a la télé. Pas de chance, la télé ne fonctionne pas et il n'y a plus de chambre libre :

— Et moi, je dors où ?

Le producteur :

— Y a plus de place dans la chambre des filles ?

— Ben, non.

— Apparemment, je suis le seul avec qui tu vas pouvoir dormir.

— Tu rigoles ? Non sérieux, je dors où ?

— Non, mais je ne plaisante pas, la seule chambre où il reste de la place, c'est la mienne.

Un peu énervée :

— Et pourquoi c'est moi qui dormirais avec toi, y a pas une des filles qui peut le faire ?

— Je sais pas, t'as qu'à leur poser la question.

— Oh, les meufs, y a personne qui veut dormir avec l'autre charlot ?

— Eh Raph, tu déconnes, on a toutes pris nos places.

A l'une :

— Vas-y toi, t'es mariée, il ne va pas te toucher.

— Non, je suis bien dans ma chambre.

— OK, merci tout le monde !

Au prod :

— Bon, je vais dormir avec toi, mais t'as intérêt à garder tes distances mon ami.

— Tu me prends pour un violeur ?

— Non, non, mais je te vois venir avec tes gros sabots. Bon, laisse tomber, elle est où ta chambre, j'ai envie de dormir.

— Suis-moi.

Ça me fait chier, j'ai pris l'habitude de dormir à poil et j'aime ça. A cause de lui, je vais devoir me barricader pour dormir tranquille.

Comme d'habitude, je suis la première debout, je prépare le petit dèj pour tout le monde, mais l'heure tourne et personne ne se lève. Je m'ennuie à mourir. Quand est-ce qu'ils vont se lever ? Soine se réveille, enfin un peu de compagnie. Arrive le moment où ils sont tous debout, puis celui de se mettre au travail.

La première scène est pour Soine et moi : baise dans un champ parmi quelques vaches. Avant de commencer, Philippe a une « petite pointe d'humour » :

— Tu sais ce qu'on devrait faire Raphaella, on devrait préparer plein de scènes ensemble : quand les productions nous appelleront, on n'aura plus qu'à leur vendre.

— Ah, ah, ah. T'es trop marrant, t'en as pas encore une petite comme ça ?

— Toi, t'es pas marrante.

— Mais je rigole, Philippe. D'ailleurs, c'est pas con ce que tu dis. Ça fait un petit moment qu'on travaille ensemble tous les deux.

— Bon, on peut y aller ?

— Mais c'est quand vous voulez.

— Action !

Philippe prend la scène en main, pipe à l'intérieur de la voiture, pénétration à l'extérieur. Les vaches autour nous épient. Plus on approche de la fin, plus elles se rapprochent. Ça donne un aspect comique à la scène. D'ailleurs, quand arrive l'éjac, une vache couvre les gémissements de Philippe : rire général. L'équipe de *Hot* prend des photos, ils sont là pour Jade. Il faut qu'elle ait le Hot d'Or cette année. C'est un tournage vraiment cool. Tout le monde s'entend bien. Je suis la plupart du temps bourrée, comme quoi les mauvaises habitudes ne se perdent pas facilement. Jade part un jour plus tôt que prévu. Puisqu'elle s'en va, le photographe me propose de prendre sa place. J'accepte, on fait les photos : je deviens la protagoniste du film. Ce qui implique une augmentation de salaire.

Aujourd'hui, chacun rentre chez soi. On est presque déçus que tout se termine si vite. Le prod me ramène sur Toulouse et me fait visiter ses bureaux. Il me parle des spectacles qu'il organise, me montre des photos. C'est très beau. Je remarque notamment une fille black. Elle a une super-poitrine. On frappe à la porte, c'est elle. Je suis ravie de la rencontrer. Elle est belle, on se présente :

— Je suis Madison.

— Raphaella, enchantée.

Qu'est-ce que je me la ferais bien ! On se fait la bise et elle s'en va. J'aurais voulu lui parler plus longuement, mais ma timidité m'en a empêchée. J'ai dû lui laisser une mauvaise impression. Quand je suis comme ça, je parais froide. On file à la gare, je dois prendre mon train. J'ai rendez-vous avec mon Big Boss, c'est son anniversaire et je ne compte pas le rater.

[illegible]

A Paris, je défais mes affaires et file direct à mon rendez-vous. Marie est de la fête. Le Boss nous dit que, pour l'occasion, il aimerait que nous fassions un truc spécial en son honneur. Il veut nous emmener chez une nana pour qu'on se la tape. Il nous dit qu'elle ressemble à Brigitte Bardot jeune. Lorsque je vois l'engin, une vieille peau, je lâche :

— Elle n'a rien à voir avec BB, je n'y touche pas.

Il éclate de rire :

— En vrai, j'ai besoin qu'elle travaille pour moi, elle ne connaît pas les relations avec les femmes, elle veut savoir avant de se retrouver devant la caméra.

Marie à la fille, sans scrupules :

— Excuse-moi, je peux te lécher la chatte ? Tu peux te déshabiller ? J'aimerais voir comment t'es faite.

Je la prends à part :

— Marie, tu ne vas pas te taper cet engin.

— Si, si, c'est pour son anniversaire, laisse-moi tranquille, j'ai envie de niquer.

— T'as pas téhon ma chérie ? Tout ce qui bouge, tu le tires.

— C'est toi qui dis ça. Si on mettait une jupe à une chèvre, tu la niquerais.

— T'es trop marrante. Attends que je rencontre ta copine, je vais lui balancer l'affaire.

— Bah te gêne pas, je m'en fiche.

— Allez, bonne bourre, petite, je vais m'asseoir.

Leur sale trip prend fin.

Ça fait toujours un bien fou de rentrer chez soi. Ma petite maison m'a beaucoup manqué. Je me demande bien de quoi veut me parler Marie. On discute de ma semaine, je lui dis que j'ai rencontré une super belle nana, Madison. Quand j'en parle, je sens que je me reproche de ne pas lui avoir parlé. Je regrette vraiment d'être à ce point timide. J'ai l'espoir en tout cas que nos chemins se croiseront à nouveau. Marie me raconte qu'elle n'a rien fait de très important pendant la semaine. Elle a vu sa copine une fois. Elle la trouve bizarre : chaque fois qu'elle l'appelle, elle est en compagnie de quelqu'un. Loin d'imaginer ce qu'elle est vraiment professionnellement parlant, je dis à Marie qu'elle se fait des idées. Ce sont peut-être des amis. Elles sortent à peine ensemble, elle ne peut pas lui demander de tout lâcher pour elle. On s'endort là-dessus.

Ce matin, je suis à la traîne. J'ai envie et pas envie de bouger. Mon téléphone sonne. C'est HPG, Hervé Pierre Gustave, le seul acteur à toujours avoir utilisé un préservatif. Il me demande si je ne voudrais pas travailler avec lui le lendemain soir, il tourne dans une boîte. Marie est invitée à se joindre à nous. Nous sommes toutes les deux d'accord. Il y aura aussi une troisième fille. On se fixe rendez-vous et je raccroche. Il faut absolument que j'aille faire mon HIV, Marie doit m'accompagner. Le temps passe. Plus on avance dans la journée et plus je me dis qu'il y a quelque chose qui cloche. A force de chercher ce qui ne va pas, je m'aperçois que depuis mon réveil, je n'ai pas encore bu une goutte d'alcool. Je décide de réparer ça tout de suite. Je propose à Marie de m'accompagner boire un verre. Nous nous installons dans un bar à Châtelet, nous vidons trois bouteilles d'un bourgogne recommandé par le serveur, sans manger.

Le lendemain, nous nous levons avec la tête des mauvais jours. J'ai même pas envie d'aller travailler ce soir, mais j'aime pas non plus dire oui à quelqu'un et ne pas venir, ça fait mauvais effet. Je crois que je vais rester au lit jusqu'au moment de partir. On se réveille vers 6 heures. Il nous reste deux heures trente pour nous préparer. Marie fonce se faire un lavement. Se nettoyer le trou de balle, pour quoi faire ?

— Rapha, tu nettoies pas l'intérieur ?

— Tu crois peut-être que je vais me faire enculer ? Tu rêves !

— Bah, si tu le fais pas, je ne le fais pas.

— Je t'ai rien dit, tu fais ce que tu veux. A ton avis, c'est qui la meuf qui va bosser avec nous ?

— Je sais pas, ça sera la surprise.

— A tous les coups, ça va être une sale nana et tu paries combien qu'il va nous demander de la niquer. Je prends le gode-ceinture, je ne compte pas poser ma bouche sur elle.

— Tu dis ça, mais si c'est une bombe ?

— T'as déjà vu des bombes à Paris ? En plus, il m'a dit qu'elle portera une perruque et un masque. Je suis sûre qu'elle est toute moche.

— T'es con. On y va.

— Ouais. Au fait, tu sais qu'on va bosser dans un club échangiste, les sales mecs vont vouloir nous toucher. Marie, je te préviens, si tu te laisses toucher, je te tarte.

— Je compte sur toi pour pas les laisser faire.

— Tu comptes sur toi, c'est ton corps, pas le mien. Si y en a un qui te touche, tu dormiras plus jamais dans le même lit que moi. Bon, on se casse sinon on va être en retard.

Nous sommes au rendez-vous : c'est une boîte échangiste. Des miroirs partout, pas beaucoup de clients mais tous d'un certain âge. L'autre fille arrive :

— T'as vu Marie, j'avais raison, c'est un laideron.

— Bah, si il faut la niquer, je me dévouerai.

— Bon courage, moi je vais avec le caméraman, je suppose que tu vas avec ton mec ?

— Naturally, my friend !

— Hé, tu sais que je comprends et que je parle français.

On se sépare en rigolant. La boîte est petite. Les mecs sont déjà là, agglutinés autour de nous comme si on était des choses. Je déteste ça. Ils nous lâchent des sourires du genre : « Toi, je vais bien te bourrer », « Celle-là, je vais me la faire », etc. Ça me dégoûte, je crois que je vais vomir. Avec Marie, on fait le tour du propriétaire. Il est temps de mettre nos combinaisons de putes, le travail nous appelle.

Hervé nous demande de commencer par un strip-tease et d'enchaîner sur la baise. On a le droit de choisir notre musique. Moi, il faut d'abord que j'aille me soûler. Je file au bar commander une bouteille de champagne. La serveuse :

— Ça fait 600 francs.

— Va les demander au type là-bas.

Je prends la bouteille et je me casse. La serveuse court prévenir le patron que j'ai volé une bouteille. Il vient me voir tout sourire :

— Fallait lui dire que vous travaillez ici, elle a pensé que vous lui voliez la bouteille.

— Je suis peut-être en tenue de bal, allez salut !

— Les filles, vous êtes prêtes ?

— Dans un quart d'heure, j'ai une bouteille à boire.

Je suis énervée. Ces sales connards, ils croient tous qu'ils vont nous sauter. Je me mets en condition maintenant, comme ça, s'il y en a un qui me touche, je lui mets une patate direct.

La musique part, on est censées partir en même temps. J'arrive pas à bouger, je suis tétanisée. Il faut pourtant y aller. Je me lance, les gens applaudissent. Le spectacle semble leur plaire. Une fois à poil, ils s'approchent de nous doucement. Comme par hasard, c'est sur moi qu'une première main se pose. Je me retourne, je vois un vieux bonhomme plus âgé que mon père qui me sourit bêtement. Je prends cette main qui me donne envie de vomir, je la tords de toutes mes forces. Son visage se fige, il a mal, je lui balance :

— Repose une fois la main sur moi et je te tue. C'est valable pour la petite Black là-bas, tu la touches, je te tue.

Cette petite histoire fait le tour de la boîte. Hervé vient me voir.

— Je suis pas venue ici pour me faire mettre ou toucher par ces vieux porcs. L'acteur ici, c'est toi, pas eux. Tu me connais suffisamment pour savoir que je ne fais pas ce genre de choses. Il en va de même pour Marie, que je ne la voie pas faire ce que je refuse, parce que ça va mal finir.

— T'inquiète pas pour Marie, elle est avec son mec. Bon, on va travailler ensemble, c'est OK ? L'autre fille s'occupera des gens de la boîte. Va boire un coup, je vais voir ce qu'elle fait. Quand ce sera fini avec elle, on travaillera Marie, toi et moi.

Retour au bar :

— Je veux une autre bouteille de champagne.

— Excuse-moi pour tout à l'heure, je ne pensais pas que t'étais là pour bosser.

— C'est pas grave, je peux l'avoir cette bouteille ?

— Ouais, et c'est moi qui te l'offre. Ça fait longtemps que tu tournes ?

— Que je tourne dans une boîte comme ça ? Au milieu de sales mecs qui n'ont pas l'idée que je pourrais être leur fille ou leur petite-fille ? Non, c'est la première fois que ça m'arrive.

— Non, je parlais des films de cul. T'es vachement mignonne. D'habitude les filles qui viennent tourner ici, elles sont pas terribles. Tu sais, je veux pas excuser tous ces mecs, mais ta copine et toi, vous êtes les premières jolies filles qui viennent travailler ici. Alors ça se comprend un peu.

— T'as vu leurs tronches ? J'aurais leur âge, j'aurais honte d'espérer toucher une gamine, ça fait pédophile refoulé. En tout cas, c'est comme ça que je vois les choses.

— Je sais pas si t'es au courant, mais habituellement, les filles se laissent faire. Ils ne pouvaient pas savoir que vous n'étiez pas comme ça.

— Tu sais ce qui est con dans ce métier, c'est que pour gagner 100 francs de plus, les filles, pas toutes bien sûr, mais certaines, feraient n'importe quoi. C'est le genre de truc qui donne une sale image des autres : si les unes sont comme ça, ça veut dire qu'elles le sont toutes. J'ai du mal à imaginer qu'on ait une si petite estime de soi. De se faire sauter par les acteurs, en soi, c'est déjà pas très reluisant, mais si en plus, on doit donner dans le civil, ça devient du n'importe quoi. Ça me dégoûte.

— En tout cas, je suis ravie de te connaître. D'habitude, je les entends parler, les autres, et c'est vrai qu'elles n'ont rien dans la tête. Pour moi les filles du X n'ont toujours été que des trous à bonshommes, ça fait du bien de voir que vous n'êtes pas toutes pareilles.

— Dans ce milieu, y a pas que des connes, peut-être que t'en verras d'autres défiler.

— Raphaella, t'es prête ? C'est à nous.

— J'arrive ! Bon à plus.

— Bon courage.

Quatre du mat', Marie rentre avec son copain. On me raccompagne chez moi. Je me suis lavée quinze fois.

Le lendemain, le téléphone ne cesse de sonner. Une première fois, c'est Marie. La deuxième, c'est le Big Boss qui me propose un tournage. Lui, c'est bien le seul que j'aime vraiment, comment un jour pourrais-je lui rendre la gentillesse qu'il a pour moi ? J'ai beau faire le tour de toutes les personnes que j'ai connues dans cette vie, c'est le seul, et ce depuis le début, qui n'a jamais cessé de prendre soin de moi.

Mon téléphone sonne une troisième fois :

— Je suis Victor Dunill du magazine *Hot Vidéo,* je t'appelle parce que j'aimerais bien faire un papier sur toi, avec une journée de photo. Voilà, que je t'explique : Marc, le photographe que tu connais de Toulouse, nous a fait un super-set photo de toi, et on voudrait bien te connaître et te faire connaître des lecteurs. Ça te dit ?

— C'est pour quand ?

— Quand tu veux, je te propose vendredi prochain. Marc va te rappeler pour tout ce qui touche au costume, et moi, je ferai l'interview.

— OK, j'attends qu'il me rappelle, au revoir.

Hot Vidéo qui s'intéresse à moi, c'est bizarre. Jusqu'à présent, ils ne faisaient pas attention à moi — je n'étais pas la nymphette du porno telle qu'ils se la représentaient. N'auraient-ils plus de filles disponibles pour remplir leurs pages ? La journée est longue, je m'ennuie à mourir et j'ai la flemme de sortir. Germaine a repris contact avec moi. J'ai pas envie de la voir. Elle me fait promettre de la rappeler bientôt, comme si j'avais que ça à foutre. C'est décidé, aujourd'hui, sera une journée farniente. Dalila m'appelle, elle va bientôt venir à Paris et me demande si je veux la voir. Et comment ! Rien ne me ferait plus plaisir. Il y a un salon qui se prépare en Belgique, je fais partie des nominées. En plus Dalila y sera, c'est dans moins d'un mois. Je vais vérifier qui est susceptible d'y aller parmi mes potes, histoire de ne pas me retrouver toute seule une fois là-bas.

Marie est finalement rentrée dormir à la maison :

— Je croyais que tu ne dormais pas là ?

— J'ai changé d'avis, j'ai l'impression que t'es remontée contre moi, j'ai fait quelque chose qu'il ne fallait pas ?

— Allez, arrête de boire, je t'ai rien dit.

— Tu m'as envoyée balader tout à l'heure et j'ai pas compris pourquoi ?

— Je t'ai pas envoyée chier, mais je suis en colère.

— Qu'est-ce que j'ai fait ?

— J'ai pas dit que j'étais en colère contre toi, que je sache ?

— Alors, qu'est-ce qui va pas ?

— Moi, je vais pas. Laisse tomber, j'ai des problèmes de conscience, ça n'a rien à voir avec toi.

— Tu veux pas en parler ?

— Non. Au fait, *Hot Vidéo* m'a appelée, ils veulent faire un article sur moi.

— Et tu vas le faire ?

— J'ai dit oui, mais je ne me suis pas convaincue moi-même, j'en sais rien. Le mois prochain, je vais en Belgique, y a un salon, je suis nominée à ce qu'il paraît. Mais j'y vais pas pour ça. Y aura Dalila.

— Vieille cochonne !

— Pourquoi ?

— Je te vois venir avec tes gros sabots, t'y vas juste pour niquer.

— Ha, ha, ha ! Tu veux venir ?

— Non, ça me dit rien. L'autre se casse vivre aux Etats-Unis, il m'a proposé d'aller avec lui.

— Et alors ?

— Ben, je crois que je vais y aller. J'ai rien à Paris.

— Merci pour le rien, je vois que je compte beaucoup pour toi.

— Non, c'est pas ce que je voulais dire, je disais rien par rapport au travail.

— Parce que tu penses que tu travailleras plus là-bas ?

— Peut-être que je trouverai mieux qu'ici. Regarde, ici, tout ce qu'on fait, c'est niquer pour se nourrir. Lui, il est dans l'immobilier, ça change de milieu. Je reprendrai mes études là-bas et peut-être que je deviendrai quelque chose d'autre.

— Je te remercie de me rappeler à quel point je ne suis qu'une putain. Vraiment, ces paroles me vont droit au cœur. Merci.

— Rapha, le prends pas mal, je ne disais pas ça pour toi. Ça te fait pas de la peine la vie qu'on mène ? On sait même pas si demain, on pourra toujours en vivre. Puis, il y a les maladies et tout ce qui touche de près ou de loin à ce milieu.

— Comme quoi ?

— Rapha, ça fait trois ans qu'on vit là-dedans. Est-ce que nos vies sont mieux pour autant ? Les amis qu'on a sont là, soit parce qu'on dépense pour eux, soit parce qu'on est dans la même galère. Ma famille me déteste parce que notre film est passé sur Canal et que tout le monde nous a vues.

— Marie, quand t'as décidé de tourner ce film, tu savais par avance que t'y passerais, c'était dans le contrat.

— Je ne dis pas le contraire. Toute façon, je ne pars pas tout de suite, je vais d'abord mettre un peu d'argent à gauche pour mon billet et je ne vais pas m'installer tout de suite là-bas : si on ne s'entend pas, je reviendrai illico presto ici.

— Illico presto où ? L'autre, il t'a fait un bourrage de crâne, et toi, tu fonces. Et si ça marche pas, il va te renvoyer direct chez ta mère, et crois-moi, tu pourras faire une croix sur moi. Je suis pas ton bouche-trou.

— Je pensais pas que tu le prendrais comme ça. Je croyais que tu serais heureuse pour moi de savoir qu'une autre vie s'offrait à moi.

— C'est pas d'être heureuse ou pas, quand t'avais pas à manger, moi, j'étais là. Maintenant, t'as trouvé une autre table où glisser tes pieds et moi je devrais être heureuse pour toi. Tu m'effaces en deux secondes.

— Je t'efface pas, on est deux sœurs toi et moi, personne ne nous enlèvera jamais ça. Même quand j'étais gosse, j'ai jamais pu compter sur quelqu'un comme j'ai pu compter sur toi. C'est pas parce que je pars que je t'oublie.

— Marie, fais ta vie et laisse-moi tranquille, je vais me coucher.

— Rapha, ne...

— Bonne nuit.

Je suis incapable de trouver le sommeil. Elle s'en ira et moi je vais rester seule. Je maudis le jour où Hervé m'a demandé de venir travailler avec elle. C'est à cause de lui. Bien, il va falloir que je me fasse une raison. Maintenant, elle n'existe plus dans ma vie, je la bannis à jamais. Et je pleure. D'un coup, je revis tous les moments qu'on a passés ensemble, c'est inoubliable, toutes ces beuveries, nos larmes, nos rires, nos galères. Je ne peux pas croire qu'elle mette ça de côté pour une bite. Je ne peux que lui en vouloir, je la hais. Les jours passent et je n'ai rien à lui dire. Elle est là mais je fais comme si elle n'était pas là. Il y a un proverbe qui dit : chacun pour soi et Dieu pour tous. Je vais le suivre à la lettre dès maintenant. Première chose, je vais lui demander de me rendre les clefs et de partir : ce sera moins dur pour moi si déjà en étant à Paris, on ne se voit plus, le jour J, j'aurai moins mal. Malgré cette haine qui m'habite, je n'arrive pas à lui reprendre les clefs. C'est ma petite sœur, je l'aime. Comment vivre sans l'avoir près de moi ? On ne se parle plus, faut bien rompre la glace, cet iceberg que j'ai construit entre nous. Elle veut une autre vie, pourquoi je lui en voudrais, elle a raison. Même pour moi, ça devient dur quand le matin je me lève pour aller travailler. Avant, ma motivation c'était l'argent, maintenant, c'est quoi ? L'habitude ? La peur du manque ? Le manque de quoi, j'ai tout ce dont j'ai besoin. Bon, je suis célibataire, mais il y a pire comme vie. Il y en a qui dorment dehors, moi non. Mais si j'arrête, je vais me retrouver seule, personne à qui parler, personne avec qui sortir, puisque Marie s'en va. Je suis obligée de la laisser partir. C'est une décision qu'on m'impose et je n'aime pas cela. Je considère Marie comme ma sœur. Quand je fais le bilan de ma vie, je vois bien que je n'ai rien ni personne à quoi me raccrocher à part elle. Toutes les deux, on est liées. Il faut que je lui parle :

— Marie, je comprends que cette vie te répugne, je veux bien accepter que tu t'en ailles. Une chose, ne me demande jamais d'être amie avec ce mec. Qu'il considère que je suis sa pire ennemie. Qu'il ne s'avise pas de te faire du mal, parce que je serai toujours derrière toi. Allez, fais-moi une bise.

— Merci Rapha.

Nous nous serrons dans les bras et nous pleurons.

Après quelques minutes, on décide d'aller s'aérer un peu. On file sur Châtelet. Il y a un bar tenu par des filles, Le Mytilène Bar, on va squatter là-bas. Moi je me bourre au pastis, Marie étanche sa soif à coups de bières. Un jour, j'y goûterai : autour de moi, tout le monde en boit.

Ce bar est très petit, ce qui favorise les rencontres. Nous avons discuté jusqu'à la fermeture, échangé des numéros, rien de très inhabituel en fait. On reviendra demain.

Le Big Boss nous appelle comme prévu, le départ est reporté de deux jours. Avec Marc, nous allons faire les boutiques pour les séances photos de vendredi, il me voit en Petit Chaperon rouge. Il a l'air de prendre son travail très à cœur, c'est plaisant. Ils sont rares les gens de ce milieu à aimer vraiment ce qu'ils font.

Déjà vendredi, on se rencarde à Montreuil. Les préparatifs sont longs. Vers midi, on me demande si j'ai envie d'une pizza :

— Non, je veux deux giant's de chez Quick, s'il vous plaît.

— Bien, on va te chercher ça.

Dunill arrive, on se présente. Il fera le Grand Méchant Loup de l'histoire. J'espère que ce ne sera pas trop long, je dois être ce soir sur le tournage du Big Boss. Comme Dunill habite tout près, il se propose de m'accompagner. On s'arrêtera d'abord chez lui pour l'interview parce qu'on n'a pas eu le temps. Il ouvre une bouteille de vin et me fait chauffer deux american bun's au chili. Je mange et commence l'interview. On parle de moi, de comment je suis entrée dans ce milieu. Mes héros dans la vie, dans la fiction. Mon chanteur préféré. Quand je lui dis Melanie Brown des Spice Girls, je vois un sourire se former sur son visage. C'est marrant, ce type peut être grand et baraqué, il n'en reste pas moins un petit garçon. Il semble très sensible. C'est rare de nos jours. Après on parle de ce qui me plaît chez les hommes et chez les femmes. Je lui dis que j'aime les hommes bien habillés, les costards trois-pièces. Il en vient à mon homosexualité. Quand il pose ses questions, il est tellement subtil que pour une fois, ça ne me dérange pas d'en parler. Habituellement, les gens en font une histoire d'immoralité, au point qu'on a l'impression d'être un fardeau. Avec lui, tout passe, pas de tabou. Il me demande mon plus grand coup de gueule, je prends le temps de la réflexion et je lui dis : l'Etat dans toute sa splendeur. Ceux qui ne pousseront jamais les plus démunis à aller de l'avant, mais qui soutiendront plutôt les autres qui habitent le 16e. Et surtout, l'hypocrisie qui nous gouverne, genre se prostituer c'est illégal mais faut surtout pas que les putains oublient de payer leurs impôts.

L'interview terminée, il m'accompagne à l'hôtel où j'avais rendez-vous quelques heures plus tôt. Il me rappellera en fin de semaine prochaine pour qu'on dîne ensemble, il me montrera les photos et ce qu'il a écrit.

Le lendemain, je me dispute gravement avec mon Big Boss à cause d'une scène que je suis incapable de faire. Quand une actrice devient mon amie, je ne peux plus travailler avec elle. Même si j'essaye une scène, je n'y arrive pas. C'est ce qui se passe avec Jade. Les choses dégénèrent rapidement. On s'accroche, le Big Boss et moi. Je hais ce tournage. Je finis la journée de travail et je rentre chez moi. J'ai mal, je ne peux pas rester. Quand je suis de retour, Marie n'est pas là. Où elle est encore celle-là ? Au téléphone elle me dit qu'elle est chez sa petite copine. Je lui raconte ma sale journée. Elle me dit qu'elle va rentrer. Je lui dis : « Pas la peine, je m'en remettrai. On se verra demain. » La solitude me pèse. Quoi qu'il arrive, je suis définitivement seule.

J'appelle une copine avec qui j'ai déjà eu des rapports sexuels. On se retrouve à chaque fois dans un hôtel. Je passe toutes les nuits de la semaine avec elle dans cet hôtel. Le vendredi soir, j'ai rendez-vous avec Dunill. Il m'invite à la Villa Barclay. Je ne connais pas. On se retrouve devant Virgin. Il porte un costard trois-pièces :

apparemment, il a appris mon interview par cœur. On fait un arrêt tabac. Lui :

— Vous avez des cigarettes de jeunes ?

— Pardon ?

— Bon, donnez-moi un Dunhill extra-légères, s'il vous plaît.

J'ai compris qu'après la cigarette des jeunes : il parlait du shit, ça m'a fait rire. On arrive au resto : en fait, c'est un piano-bar discothèque. Le décor est sympathique, c'est son refuge, paraît-il. On prend un apéro. Ce garçon n'a rien à voir avec ceux que je connais. Il est vraiment touchant. Il me sort l'interview, c'est joli. Sur ce, on passe commande. Des amis à lui viennent dire bonjour. Lui discute avec le garçon, j'ai pas le choix, va falloir converser avec la fille. Elle m'a l'air un peu fofolle sur les bords. Puis elle me parle de Dunill. Elle me dit combien elle le trouve beau, gentil, que des phrases élogieuses. Pour rester dans le sujet, je lui dis :

— C'est le petit ami que j'aurai jamais, à mon grand désespoir.

J'ai pas compris ce qui s'est passé, elle s'est levée et a quitté la table. Dunill vient aux renseignements, je lui raconte, il me dit :

— Evidemment, elle ne sait pas que t'es homo. Elle se cherche un mec, elle a dû croire que tu te foutais de sa gueule.

La fille avec qui j'ai passé la semaine à l'hôtel m'attend. L'heure tourne et je lui ai promis de ne pas rentrer tard. Mais finalement, je m'amuse bien ici, j'y resterai le temps que j'y resterai. On fait un tour dans la discothèque,

Dunill prend une bouteille de champagne. On se la fait et après je rentrerai.

Il m'a déposée vers 5 heures. J'entre dans la chambre, la fille me saute dessus, j'ai cru qu'elle allait me tuer. C'est pas cool une femme en colère. Je ne m'excuse même pas, je me douche et file me coucher. J'ai pas demandé mon reste. Elle commande les petits dèj et me réveille. Elle fait comme si de rien n'était, puis me prend dans ses bras pour me faire un câlin. Je l'ai échappé belle cette fois.

— Et que ça ne se reproduise pas !

— Heu, oui, excuse-moi. Mais j'ai passé une bonne soirée.

— Je ne veux pas le savoir, je suis pas ton chien. Si tu m'appelles, c'est pour être avec moi. Tu me tues, tu passes la soirée dehors et moi je t'attends là comme une conne, j'aurais dû me casser. Ne recommence jamais ça, je te préviens. Tu fais quoi aujourd'hui ?

— Je sais pas, c'est samedi, j'ai rien de particulier à faire, et toi ?

— Rien, ça ne serait pas possible d'aller chez toi plutôt que d'être tout le temps à l'hôtel ?

— Si, si tu veux, mais j'ai pas l'habitude d'amener des gens chez moi, tu verras, tu vas me trouver bizarre.

— Ça ne changera rien à comment je te vois maintenant. On rend la chambre et on y va ?

— OK, darling.

Une fois chez moi, je retrouve cette timidité qui me colle tellement à la peau. Elle voit bien que je ne suis pas à l'aise. Elle veut me prendre dans ses bras et je fuis :

— Tu veux boire un café, manger quelque chose ?

— Y a un problème ? Je ne peux pas t'embrasser ? Je ne suis pas venue ici pour manger ou regarder la télé, je suis là parce que j'ai envie de toi, j'ai envie de te toucher. Faire ce que je n'ai pas pu faire hier.

— Tu sais, je suis nase, j'ai envie de dormir.

— Hier, t'as fait la belle, t'as voulu rentrer tard, à toi de l'assumer aujourd'hui, soit on baise, soit je me casse. Si je me casse, t'oublies mon numéro.

— Pourquoi tu me fais ça, je suis fatiguée. D'abord, j'ai pas l'habitude de coucher chez moi, je préfère que ça se passe dehors, c'est pour ça qu'on s'est toujours vues à l'hôtel.

— T'as rencontré quelqu'un d'autre ? Je te soûle ? Dis-moi ce qui ne va pas.

— Tout va, je t'avais prévenue, je t'ai dit que tu me trouverais bizarre chez moi, t'as voulu venir, tu vois de tes yeux.

— Bon, fais un effort, je ne vais pas te supplier quand même.

— Un effort sur quoi, tu veux me sauter ? Vas-y, je suis à toi.

— T'es ridicule, je rentre chez moi. Ne m'appelle pas.

— Comme tu veux, salut.

— Je vois à quel point ça te laisse indifférente, je ne suis pas près d'oublier.

Une fois la porte fermée, je regrette. J'ai envie de la ramener à l'intérieur mais j'en suis incapable. Pourtant, je l'aime cette fille, j'aime tout en elle. Elle n'est pas du même monde que moi, elle est secrétaire, en gros, on peut dire qu'elle a une vie tout ce qu'il y a de plus normal. Quelle grosse conne, je suis ! Avec elle, j'aurais pu m'en sortir, vivre une autre vie. Elle, elle respecte ce que je suis. Jamais, elle ne m'a demandé d'arrêter pour elle. Je vais dormir, il ne me reste plus que ça.

A mon réveil, j'ai un message, elle me dit qu'elle dormira ce soir chez moi. Je suis heureuse, je la rappelle, répondeur, je raccroche et je vais me préparer à la recevoir. Douche, parfum, tenue de rigueur, champagne et dîner aux chandelles. Quand j'ouvre la porte, elle me tend une rose : elle a la classe, ce que je l'aime ! A peine la porte fermée, je la serre, elle :

— Je croyais que chez...

Je ne la laisse pas finir, je l'embrasse. Nos ébats terminés, on parle de nos emplois du temps. Je pars demain dans le 78 pour deux jours, pas loin de Mantes-la-Jolie, chez Simone, cette comédienne âgée avec qui j'ai déjà tourné : elle possède une grande baraque qu'elle utilise aussi comme maison de tournage. Pour qu'elle ne me reproche rien, je lui tends les clefs de la maison, je lui demande de m'attendre ici. Elle accepte. Ce tournage est merdique, les filles sont moches, comme d'habitude, les acteurs cons, je ne veux même pas parler de l'équipe technique. Dunill m'appelle. Je lui donne l'adresse du tournage pour qu'il vienne me chercher. J'avais dans l'idée de l'inviter à manger, lui a autre chose en tête. Il dit qu'on n'est pas loin de Deauville, il aurait voulu m'inviter là-bas, me voir me réveiller près de la mer. Trouvant cette attitude tellement loin de ce que je connais, j'accepte. Je l'avertis que quelqu'un m'attend chez moi, la même personne qui m'a attendue le soir où nous étions à la Villa Barclay.

On passe la nuit, le matin, il me ramène chez moi. Je branche mon portable, j'ai un message : « Merci. » J'ai peur de rentrer. Y a personne. Je trouve sur la table une lettre et un cadeau :

Je me suis trompée sur toi, t'es pas aussi pure que t'as bien voulu le faire croire. Je t'avais préparé un dîner, je voulais t'offrir un cadeau, te montrer que j'acceptais ce que tu étais. J'ai honte d'avoir cru en toi. Tes clefs sont dans la boîte aux lettres. Adieu.

J'ai honte de moi, j'aurais pas dû, je l'aime, et ça, c'est pire que tout. J'ouvre le frigo, y a du champagne, du vin. Et si je me faisais un petit vin au champagne ? J'ai bu toutes les bouteilles, j'ai vomi et je suis allée me coucher. Mon portable sonne, je ne veux pas répondre, je ne veux voir personne. Et si c'était elle ? Qu'est-ce que je pourrais bien lui dire ? Lui demander de m'excuser encore et encore, c'est pas juste. Toute façon, c'est pas elle, j'en suis sûre. Je me rendors.

Une semaine passe, il faut bien que la vie continue. Marie se prépare à partir à New York. Je n'ose pas la regarder s'en aller, je vais dormir. Elle m'a laissé un mot, disant de ne jamais se laisser abattre, que l'existence ne s'arrête pas à une personne. Elle prendra contact avec moi quand elle sera sur place.

Les Toulousains m'ont laissé un message, ils m'invitent sur leur prochain tournage, j'aurai juste une scène, j'accepte. Dunill et moi nous nous voyons de plus en plus. Je me dis qu'à tous les coups, on va sortir ensemble lui et moi — en fait, il n'en sera rien. Je passe Noël en Italie, le Jour de l'An à L'Entr'Acte, nouvellement rebaptisé Le Pulp. Michelle m'a proposé de faire la gogo pour le réveillon. J'ai dit OK. Quelle connerie j'ai pas faite ! A mon retour d'Italie, j'ai une interview filmée chez AB Production, *In bed with...*, la série pour la chaîne câblée XXL. L'interview se déroule donc au lit. Le journaliste, c'est Dunill, comme par hasard. Les gens pensent qu'on est un couple, va falloir faire semblant, je ne peux pas être méchante ou mauvaise avec lui, il ne mérite pas ça. La semaine d'après, ce sera *Hot Talk*, l'émission de Brigitte Lahaie :

elle ne m'inspire pas confiance avec ses questions qui laisseraient croire qu'elle n'y connaît rien, alors qu'à ce qu'on dit, c'est une ancienne actrice du milieu, qui plus est, consacrée. Une émission sur la « génération lesbienne ». Michelle sera de la partie.

Arrivés à Toulouse, on tourne un genre porno du futur avec Maria et Olivier Sanchez, deux comédiens espagnols réputés, JPX, comme d'hab, Kévin, et Fovéa, sa copine du moment. Une équipe de joyeux fanfarons. Leurs tournages sont vraiment cools. Dans la profession, j'ai rarement rencontré des gens qui estiment tant les autres. Sans non plus omettre que c'est le profit qui prime. J'adore leurs films parce qu'ils se terminent toujours bien et qu'on fait d'autres choses à côté, genre du ski. En plus, le tournage tombe pendant mon anniversaire. Ils me le fêtent et se cotisent pour m'offrir un cadeau. Mais la meilleure chose de ce séjour à Toulouse, c'est que je fais enfin la connaissance de Madison. Les Toulousains me proposent de travailler sur des spectacles avec elle. Je suis grave, tellement je la désire, et j'accepte le deal. Ils viendront avec elle à Paris pour la signature du contrat. J'en mouille d'avance.

A mon retour, Dunill sera à Las Vegas pour un salon porno et lui aussi m'a préparé une surprise. Quelque chose que jamais personne n'aurait pensé me faire : une cassette vidéo ! Et pas n'importe quoi : il a tenu compte de tout ce qui serait susceptible de me plaire, les Spice Girls, Le Pulp, le Piercing. Il s'est lui-même travesti pour le film, déguisé en fille : tout et n'importe quoi, la plus belle preuve d'amour qu'on m'ait jamais donnée ! Ce gars, il a beaucoup de cran, il ne cache pas ses sentiments et il les vit à fond. Comme quoi, les plus beaux présents ne s'achètent pas et l'argent n'est pas tout. Quelle belle démonstration d'humilité. Il m'appelle, je viens juste de regarder la cassette, j'en suis toute retournée, je n'arrive même pas à parler. Il rentre dans trois jours, je suis pressée de lui montrer ma reconnaissance.

Le Big Boss m'appelle à son tour :

— Alors Fatima, tu fais encore la gueule ?

— Je ne m'appelle pas Fatima, ça va ?

— Oui. Bon anniversaire ! Ça te dit de le fêter avec moi un soir ?

— Quand tu veux.

— Dis-moi, j'ai un ami avenue Foch qui veut tourner une vidéo de toi et Jade, j'ai négocié pour vous, t'es d'accord ?

— C'est quand ?

— Dès que vous pouvez, j'appelle Jade et je te reconfirme, OK pitchoune ?

— OK, j'attends ton coup de fil, je t'embrasse.

— Bisou ma chérie, on se voit dans la semaine.

Une bonne nouvelle n'arrive jamais seule. Je vais bosser avec Madison, et en plus le Big Boss me rappelle, que rêver de mieux ?

Les Toulousains arrivent samedi sur Paris, va falloir assurer. On ira au Pulp, j'ai hâte. Le prod a réservé une big chambre d'hôtel dans le 15e, avec un grand lit et un à une place : il est venu avec deux filles, Madison et une autre. Pendant qu'il est dans la salle de bains, l'autre fille m'attrape dans le lit et m'embrasse. Elle me caresse avec sa langue, trop bon, surtout quand t'as rien demandé. Evidemment, le prod se pointe et casse le trip. Il se met à caresser lui aussi, je fais celle qui dort, il n'insiste pas.

Le lendemain, vers 10 heures, le téléphone sonne. C'est Madison qui demande à me parler. Elle a passé la nuit à la réception, dégoûtée par l'attitude du prod : encore un qui espère joindre l'utile à l'agréable. On a discuté pendant deux heures, j'ai eu du mal à la convaincre de venir chez moi, elle n'est pas bien du tout. Chez moi, je lui prépare à manger et on se couche. Elle a un sommeil très agité. Si bien que j'ai appelé le médecin de nuit. Il lui a fait une piqûre et prescrit un arrêt maladie. On s'est endormies enlacées. Après, elle m'a embrassée, caressée. Dans ma tête, je suis tout heureuse, du style : classe, on va niquer. Elle ne veut pas que je l'embrasse en dessous des seins. Ça m'énerve alors je lâche l'affaire et me pose sur le côté. Elle me prend dans ses bras et se met à pleurer. Moi, j'y comprends rien :

— C'est quoi le problème, tu ne veux pas que je te touche alors tu ne me touches pas, c'est aussi simple.

— T'as rien compris alors ?

— Pourquoi, y a quelque chose à comprendre ?

— J'ai mes règles, j'ai envie de toi mais je ne peux pas te laisser toucher.

— Bon, ben si c'est ça, vas-y, touche-moi.

Elle m'a fait l'amour et s'est branlée tout contre ma chatte. Elle est trop bandante cette nana, je crois que je suis amoureuse. Elle, elle a un mec. Au début, on s'imagine toujours que c'est pas grave, qu'on peut vivre avec. Moi, je ne peux pas, je ne partage pas. Je fais rallonger son arrêt maladie de trois jours et elle, elle les passe chez son boy-friend ! J'ai la haine. C'est le genre de truc qui me dégoûte de l'existence des hommes.

Elle m'a filé deux photos d'elle, a noté un mot sur l'une : « Un petit ange de douceur qui a traversé ma vie », et est repartie pour Toulouse.

La vie continue, bientôt arrive le salon Hot Vidéo, je l'invite pour l'occasion. Elle n'a pas de tunes pour le billet d'avion, je lui paie le voyage. Dalila est aussi sur Paris. Elle fait un spectacle au Pulp et, par la même occasion, on fête l'anniversaire de Marie qui est de retour parmi les Français. Madison veut que l'on rentre tout de suite après le spectacle, elle dit qu'elle n'est pas bien. Je l'ai fait venir pour préparer un spectacle donc passer plus de temps avec elle, mais elle, elle a déjà planifié tout son emploi du temps avec son boy. Je lui paye son billet, et c'est son mec qui en profite : moi, je suis juste là pour sortir le portefeuille. J'ai tellement la haine que je la laisse partir sans mot dire. Dans trois jours il y a le concert des Spice Girls, je me consolerai en regardant Melanie Brown chanter.

Une fois, j'ai dit à Dunill de penser à moi s'il apprenait que quelqu'un donnait un chien. Le lendemain, il m'appelle pour me dire qu'il a quelque chose pour moi, que je dois passer à son bureau. Me voici en possession de Nikita, un petit bichon maltais, Capricorne comme moi. Elle est super mignonne, je l'aime déjà, mais en même temps, j'ai peur de ne pas être capable de prendre vraiment soin d'elle, vu la vie que je mène, jamais chez moi, coureuse de jupons, alcoolique à souhait. Quelle existence vais-je bien pouvoir lui offrir ?

Je veux déménager mais je n'ai pas les papiers nécessaires. Dunill me propose son aide. En moins de quinze jours, j'ai une nouvelle maison, à Bobigny. Il y a un petit jardin, super pour ma petite Nini.

J'ai un tournage de prévu avec B. Root[1], un petit à lunettes, toujours en jean et vieilles baskets. Les comédiennes choisissent leur scène et leur tenue, c'est génial, c'est même une première dans ce milieu. Il a vraiment de bonnes idées ce B. Root. Avant, toutes les comédiennes feront une interview avec plusieurs journalistes du « traditionnel ». Ça implique beaucoup d'engueulades entre elles, des avis divergents. J'en ai pris une à partie, celle qui cautionne le non-usage de la capote, Dolly Golden[2]. Parce qu'elle pense qu'elle travaillerait moins ou plus du tout si elle l'utilisait, elle préfère faire sans. Je ne comprends pas, elle se dit star. Pourquoi ne pas profiter de ce statut pour imposer au contraire l'usage de la capote ? Elle l'a très mal pris et m'a envoyée balader. C'est vraiment une sale meuf qui se prend pour Pamela Anderson,

1. Réalisateur de *Cyber X* (1995) et d'*Exhibition 99* (1998), le dernier film dans lequel j'ai tourné et grâce auquel j'ai été contactée pour tourner *Baise-moi*. Il est aussi l'auteur de deux livres, dont *Porno Blues*, un document sur les tournages X.

2. Nominée Hot d'Or 99.

je lâche l'affaire. Demain, j'ai ma scène et la vie continue.

Le temps passe, rien de prévu dans les jours à venir, en d'autres termes, je m'emmerde. J'appelle Dunill, il vient me voir, je lui dis cash :

— Je veux goûter la cocaïne, si quelqu'un t'en parle, prends-moi-z-en.

— Quoi ?

— T'as très bien compris.

— Tu sais, depuis que je suis dans le milieu, j'y ai touché deux fois tout au plus, je ne connais pers.

— Toi comme moi savons où nous la procurer, si c'est moi qui demande, ça fera mauvais effet, si c'est toi, ça passera mieux.

— Bon, je vais appeler quelques copains, je vais voir ce que je peux faire.

Je l'embrasse et il s'en va. Je sais qu'il fera n'importe quoi pour moi. Faut l'avouer, je profite de cette situation. Le soir même, j'ai le produit. J'ai pris qu'une seule ligne, en fait, je crois que j'ai peur de cette drogue. Lui, il s'est tout tapé tout seul. J'ai passé une autre commande, il s'en est chargé, et cette fois-ci, j'ai presque tout tapé. Depuis, je ne l'imagine pas venir me voir sans qu'il en ait sur lui, du coup, lui préfère éviter de venir. Je me suis mise à ne plus voir que des gens qui en prennent. Ça en devient dingue. J'ai plus envie de bosser, c'est trop dangereux : je risque de m'employer à des choses que je n'ai jamais accepté de faire, juste pour avoir ma dose. J'ai un tournage de prévu dimanche. Dunill est à la maison, je me prépare et je pleure. Je ne veux plus me faire mettre. Rien que l'idée me fait mal. Je veux reprendre ce que j'ai donné depuis des années : Moi, Mon Entrejambe, Ma Fierté. Il ne me reste qu'une parcelle de cerveau, je veux la garder. Je pleure, je vais voir Dunill :

— Je ne veux plus, j'ai mal à chaque fois, je ne supporte plus !

Il me prend dans ses bras, me serre tout contre lui et me dit :

— Rien ne peut me faire plus plaisir que tu arrêtes, mais tu vas vivre de quoi ?

— L'avenir me le dira.

FIN

Ecrire une page pour Raffaëla et lui parler, pas si facile pour moi. Lui parler n'est pas difficile au contraire mais, c'est dans l'instant, je n'y réfléchis pas. Je le fais parce que j'en ai envie et puis parce que le premier jour, on a parlé et on s'est écoutées. MAIS ÉCRIRE me demande une réflexion, ça me donne envie de boire un coup de gniole et demain, j'aurai envie de manger du chocolat. C'est comme si je devais arrêter de vivre pour penser et me concentrer sur un sujet précis, ça me coûte en général. Dans le cas présent, le sujet étant les filles. Les filles, c'est sûr ça compte énormément. C'est vrai qu'il y a des filles et des garçons. Moi, j'habite avec des garçons et des filles. Je travaille beaucoup avec les filles et un peu avec les garçons. Certains soirs, je ne vois que des filles et ces soirs-là, c'est sûr, j'y suis, j'en suis une. Elles sont là pour danser, boire, se chercher et le plus souvent, se trouver, et moi aussi et Raffaëla aussi. Raffaëla, elle est entrée un peu par hasard, sans savoir, s'est adressée à la barmaid poliment, pour lui demander où elle se trouvait. Je lui ai expliqué que c'était une boîte pour les filles. Il m'a fallu la convaincre que les garçons qu'elle voyait sur la piste étaient des filles plutôt androgynes. C'est comme ça qu'on s'est connues. C'était la première fois que j'allais boire un café en sortant de la boîte avec quelqu'un que je ne connaissais pas. Dans l'année qui suivit, nous fîmes plus ample connaissance, elle devint une habituée et aussi mon amie. Elle rencontrait une fille. J'en croyais pas mes yeux, elle aussi, elle en était une. J'avais rien vu et elle non plus. Révoltée, elle vivait une relation apparemment qui provoquait chez elle des excès de colère voire de violence. Une nuit, je tentai de la calmer, elle tremblait, n'arrivant presque plus à respirer, à deux doigts de tout casser. Aveuglée, elle a armé son bras pour m'en coller une. J'ai crié plusieurs fois : « Raffaëla, c'est moi » et j'ai sauvé mon nez hérité de mon père et donc très précieux. Raf me reconnaissant a réagi. Tout doucement, elle a largué sa haine. Dommage, toutes les nuits ne sont pas aussi mouvementées. A défaut d'être un ring, cet endroit est avant tout un dancing. Demain, nous attendons la visite de Raffaëla, cette fois-ci accompagnée de sa mère.

Michelle du Pulp.

Tous mes remerciements à

Virginie Despentes, les éditions Grasset et plus précisément Lydie Violet et Manuel Carcassonne, Marie, son mari, Laurence, Michelle, Rosalie et l'ensemble de mes proches.

Raffaëla.

Composition réalisée par JOUVE

Imprimé en France sur Presse Offset par

BRODARD & TAUPIN

GROUPE CPI

La Flèche (Sarthe).
N° d'imprimeur : 17356 – Dépôt légal Éditeur 30460-03/2003
Édition 1
LIBRAIRIE GÉNÉRALE FRANÇAISE - 43, quai de Grenelle - 75015 Paris.
ISBN : 2 - 253 - 15449 - 0

31/5449/9